Luba

VOL. I

Luba
Vol. I

Grafia atualizada segundo o Acordo Ortográfico da Língua Portuguesa de 1990, que entrou em vigor no Brasil em 2009.

Coordenação editorial: Renata Jesion
Revisão de texto: Bonie Santos
Projeto gráfico, diagramação e capa: Fabiano Battaglia
Produtor gráfico: Jairo da Rocha
Ilustração de capa: Veridiana Scarpelli
Ilustração da 2ª e 3ª Capa: Haron Cohen
Reprodução fotográfica das ilustrações originais: Nelson Kao
Tratamento de imagem das ilustrações: Vicente de Mello
Coordenação de comunicação: Luciana Siqueira (@gueconta)
Tradução e revisão em Mandarim: Florencia Chen 陳思穎
Revisão em Mandarim: Regina Cheng 鄭秋玫

Dados Internacionais de Catalogação na Publicação (CIP)

J58L

Jesion, Renata

Luba - Vol. I / Renata Jesion. – São Paulo: Haikai, 2024.

188 p., il.; 23 X 23 cm

ISBN 978-65-5413-231-2

1. Conto. 2. Crônica. 3. Literatura brasileira. I. Jesion, Renata. II. Título.

CDD 869.93

Catalogação na publicação
Elaborada por Bibliotecária Janaina Ramos – CRB-8/9166

Índice para catálogo sistemático
I. Conto : Literatura brasileira : Crônica

Haikai Editora
Rua Mil Oitocentos e Vinte e Dois, 654
04216-000 - São Paulo - SP

haikaieditora.com.br
facebook.com/haikaieditora
instagram.com/haikaieditora

APOIO

雲微

第一卷

高嘉均

第一版

聖保羅
2024

Luba

VOL. I

Renata Jesion

1ª edição

São Paulo
2024

親愛的高氏家人

感謝你們能理解家中有激情有活力的女性們。

感謝為本書繪圖的藝術家們

他們將簡單的文字轉變為純粹的藝術作品。

Ao Kao(s) da minha vida,
que sensivelmente compreende
as intensas mulheres de casa.

Aos artistas deste livro,
que transformaram simples palavras
em pura Arte.

特別感謝

Haron Cohen, Alex Wissenbach,
Jacques Jesion, Rosa Cohen,
Sandra Bustelli, Nelson Kao,
Vicente de Mello, Bruno Mortara,
Sofia Lee, Susana Carrillo Le Roux,
和所有關注《雲微》的讀者，及所有參與《雲微》第一卷的藝術家。

Agradecimentos especiais

Haron Cohen, Alex Wissenbach,
Jacques Jesion, Rosa Cohen,
Sandra Bustelli, Nelson Kao,
Vicente de Mello, Bruno Mortara,
Sofia Lee, Susana Carrillo Le Roux,
aos leitores que acompanham as
histórias da Luba, e todos os artistas
envolvidos no *Luba - Vol. I.*

Passeio filosófico

18
ago
2015

Garupa da bicicleta

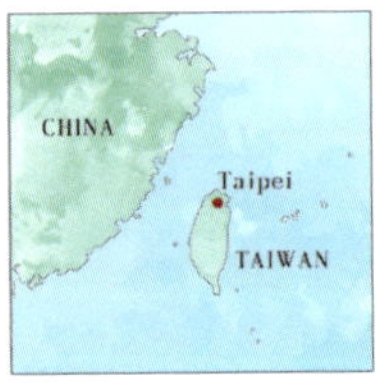

Taipei, Taiwan

ARTISTA
Veridiana Scarpelli

– Mamãe, eu quero ser o Buda.
– Não dá pra ser o Buda, meu amor!
– Mas eu quero. Por que não dá?
– Porque não.
– Tá. Mas eu queria ser muito especial, como ele foi.
– Tá.
– Mãe, responde! Tá o quê? Eu posso?
– Luba, claro que você pode ser uma pessoa especial.
– O que o Buda fez pra virar o Buda?
– Ah, ele fez um monte de coisa! Depois ele se desapegou de tudo e de todos e foi morar debaixo de uma árvore!
– O que é desapegar?
– Imagine você doando todos os seus brinquedos, o seu travesseirinho, tudo, tudo, tudo! E depois não precisar de mais ninguém pra viver, poder ficar sozinha pra sempre.
– Ele conseguiu?
– Conseguiu.
– Então eu também consigo.
– Chega desse papo, Luba! Vamos fazer o seguinte? Se preocupe agora em estudar bastante pra ficar inteligente que nem o Buda. Daí você vai ficar bem sábia como ele, e depois você escolhe uma profissão legal pra ser.
– Qual era a profissão do Buda? Era ser Buda?
(Pausa.)
– Você vai poder escolher quando você crescer, tá bom? Médica, advogada, artista, musicista, pintora, atriz, daí você pode se tornar especial também no que fizer...
– ... mas eu quero ser um tipo de deus, mãe! Um deus bem legal que faz bem pro mundo todo...
– ... chega, Luba!!! Vamos mudar de assunto, minha flor?!
– Por quê?

2015

哲學之旅

—媽媽，我想成為佛陀。

—親愛的，你不能成為佛陀。

—但我想要。為什麼不能？

—因為不行！

—好吧。。。但我想要成為像他一樣很特別的人。

—好好好。

—好什麼？媽媽回答我一下，我真的可以成為一個特別的人嗎？

—雲微，你當然可以成為一個特別的人。

—佛陀是做了什麼才成為佛陀的？

—嗯。。。他做了很多事！然後他捨棄了一切，離開了所有人，去住在一棵樹下！

—捨棄是什麼意思？

—想像你送出去你所有的玩具、枕頭，所有的一切！然後不再需要任何人的幫助來生活，可以永遠獨自一人！

—他成功了嗎？

—他成功了。

—那我也能成功。

—好了，別再說這些了，雲微！我們現在可以做的，就是你先努力學習，變得聰明，像佛陀一樣有智慧，之後你就可以選擇一個好的職業。。。

—佛陀的職業是什麼？是成為佛陀嗎？

沉默中

—長大後你可以自己選擇。有醫生、律師、藝術家、音樂家、畫家、演員，當然，你也可以在自己的領域上成為一個特別的人。。。

—媽媽，但我想成為神仙！成為一個對世界有幫助的好神。。。

—雲微，停下！讓我們換個話題，好嗎，親愛的？

—為什麼？

一為什麼？

一雲微，是不，讓我們來個話題，好嗎，親愛的？

一媽媽，可是我想成為神仙，成為一個世界上最有氣質的女神。。。

自己的領域上成為一個特別的人。。。

一長大後你可以自己選擇。有醫生、律師、藝術家、音樂家、畫家、演員，當然，你也可以在

沉默中

一神仙的職業是什麼？是成為神仙嗎？

擁有智慧，然後你就可以選擇一個好的職業。。。

一好了，媽媽說過了，雲微，我們現在可以做的，就是努力去學習，變得聰明，熱情的！

一那我也能成功。

一你成功了。

一你成功了嗎？

永遠獨自一人！

一總會你送出去你所有的玩具、枕頭，所有的一切，然後不再需要任何人的幫助來生活，可以

一捨棄是什麼意思？

一嗯。。。在做了很多事，然後你捨棄了一切，離開了所有人，去住在一棵樹下！

一神仙是做了什麼才成為神仙的？

一雲微，你當然可以成為一個特別的人。

一好什麼？媽媽回答我一下，我真的可以成為一個特別的人嗎？

一好好好。

一好吧。。。但我想要成為神仙一樣最特別的人。

一因為不行！

一但我想要，為什麼不能？

一親愛的，你不能成為神仙的。

一媽媽，我才不成為神仙呢。

智慧之旅

A pedra dura

20
ago
2015

Parque

Taipei, Taiwan

ARTISTA
Haron Cohen

– Mãe, eu queria tanto que os nossos cachorros estivessem vivos quando eu voltasse pra São Paulo!
– Mas eles estarão, minha flor!
– Estarão?
– Claro. Por que não estariam?
– Porque vai demorar muito tempo pra gente voltar pra São Paulo.
– Não vai, não. Só mais uns três ou quatro meses.
(Pausa.)
– E essa pedra vai estar viva quando a gente voltar?
– Luba, as pedras duram muitos milhares de anos.
– Mais que a gente?
– Muito mais. Mais que tudo. Mais que esse prédio aí na tua frente.
– Eu falei, mãe, viu? Eu tava certa, os nossos cachorros vão durar pouquinho!!
(Pausa.)
– A gente também, né, mãe? A gente é meio feito de massinha. A gente amassa. A pedra não. A pedra é dura. Dura mesmo.

堅硬的石頭

－媽媽，我真的希望我們的狗狗在我回聖保羅的時候還活著。

－牠們會的，我的寶貝！

－牠們會嗎？

－當然。為什麼不會呢？

－因為到我們回聖保羅的時候可能還要很久。

－不會的。只要再過三、四個月。

沉默中

－那這塊石頭會在我們回來時還活著嗎？

－雲微，石頭能活上數千年。

－它比我們還長壽嗎？

－長多了。比一切都長壽。比你面前那棟樓還要長壽。

－媽媽，所以我們的狗狗活不久了，我說的對不對。

沉默中

－我們也是，對吧，媽媽？我們有點像橡皮泥一樣。我們可以被捏碎。但石頭沒辦法，石頭是硬的，非常堅硬的。

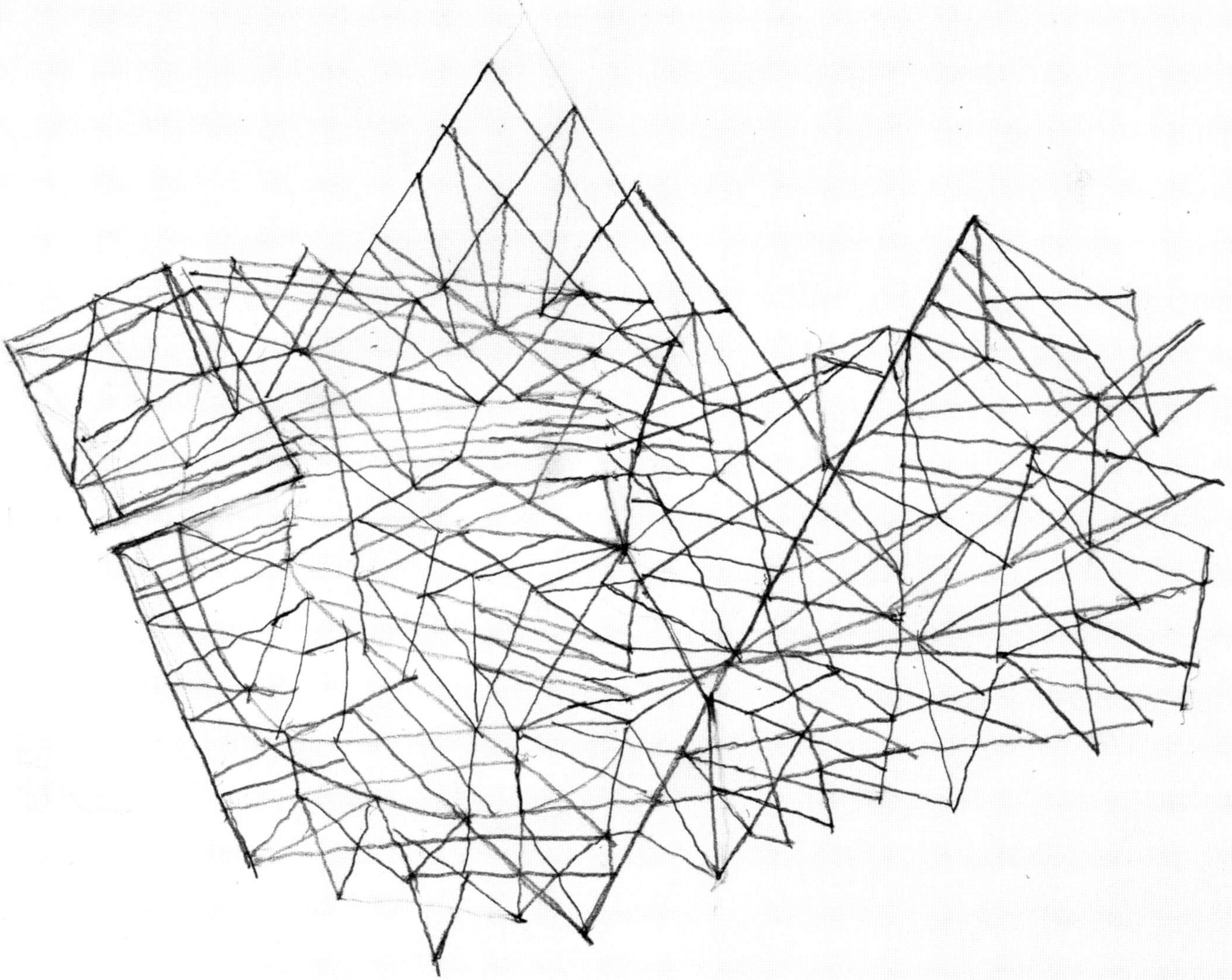

Esconde-esconde

22
ago
2015

Lojinha com 4 subsolos

Taipei, Taiwan

ARTISTA
Paulo Sayeg

– Esse caderno tá bom? Você gostou? Esse é mais legal de desenhar, não tem linhas...
– Tá bom, quero esse, mãe.
– Vou pagar. Você não acha que... que... Luba, cadê você? Lubaa! Lubinhaaaa! Ai, meu Deus do céu, eu já falei que eu odeio essa brincadeira de se esconder! Luba, ô Lubaaa?! Lubaaaaaaa...

Fora da lojinha, na calçada.
– Lubaaaaa, cadê vocêêêêê! Lubaaaaa!!!

Três minutos depois.
– Oi! Tô aqui!
– Já não falei pra não fazer isso comigo? Estamos em Taiwan! Não sei falar mandarim, caramba! Se eu te perco aqui, acabou, entendeu?! Acabou. A gente não se encontra nunca mais.
– Tudo bem. Eu nem queria mesmo ter encontrado você!
– Chega! Vambora! Vai ficar sem caderno.

Noite. Deitadas na cama.
– Você me desculpa, mamãe? Eu não vou mais fazer isso, prometo. Eu sei que você não gosta, mas eu não sei por que eu faço isso. Vou tentar não fazer mais, tá? Tá feliz agora?
– Tá tudo bem, Luba. Eu te desculpo.
– Mãe, agora eu tô chorando de emocionada. Quando a gente chora de emocionada, os olhos não saem lágrimas como quando a gente chora de outra coisa. O olho só fica molhado e a lágrima não fica caindo bastante sem parar, né, mãe?

躲貓貓

–這本筆記本好嗎？你喜歡嗎？這個比較適合畫畫，沒有線條。。。

–好的，媽媽，我要這個。

–我去付錢。你不覺得。。。你不覺得。。。雲微，你在哪裡？雲微！雲微啊！天哪，我早就說過我討厭這個躲貓貓的遊戲了！雲微，雲微？！雲微。。。

在店外，人行道上

–雲微，你在哪裡？雲微！

大聲喊叫了三分鐘後

–嗨！我在這裡！

–我不是已經說過別這麼做了嗎？我們在台灣！我不會說普通話，該死！如果我在這裡把你弄丟了，就完了，懂了嗎？完了。我們就永遠都見不到面了。

–好啊！我本來也不想找到你！

–夠了！走吧！不買筆記本了。

晚上，躺在床上

–媽媽，你能原諒我嗎？我不會再這樣做了，我保證。我知道你不喜歡，但我不知道為什麼我會這樣做，我會盡量不再做了，好嗎？你現在高興了嗎？

–沒事了，雲微。我原諒你了。

–媽媽，我現在是因為感動所以哭。當我們因為感動而哭的時候，眼睛只是濕濕的，而不會是像其他事情的哭時那樣眼淚流個不停，對吧，媽媽？

Psicanálise

27
ago
2015

Ônibus

Taipei, Taiwan

ARTISTA
Murilo Kammer

– Que alívio, hein?! O médico disse que só foi uma pressão no ouvido. Que nem aquelas que a gente sente quando tá no avião, na piscina, lembra? Ele disse que é porque o nariz tá entupido.
(Silêncio.)
– Tudo bem aí, Luba?
– Tô com raiva.
– É, mas essas coisas são assim mesmo...
– ... não tô falando disso.
– Tá falando do quê, então?
(Chorando muito.)
– Não posso falar. Tenho muita vergonha de falar. Você não ia gostar!
– Pode ser que eu não goste, mas não tem problema. Pode falar, eu vou tentar entender.
– Eu vou tentar falar. Eu tô sentindo raiva de todo mundo que está aqui dentro desse ônibus. Às vezes eu tenho raiva de todo mundo, e de você também, mãe. Se eu tô sentindo tudo isso, então devo ser uma menina má...
– Não, Luba, você não é uma menina má. É normal sentir raiva às vezes...
– ... não é normal, mãe, porque é muita raiva!
– Olha, eu vou tentar te explicar uma coisa, mas não sei se eu vou conseguir.
– Fala, eu tô entendendo...
– É que às vezes a gente sente raiva e a gente pensa que é por causa daquilo que está acontecendo naquele momento...
– ... eu tô entendendo, continua.
– ... mas não é. Por exemplo: você não deve estar com raiva dessas pessoas que estão no ônibus. Quem sabe é raiva de estar muito tempo dentro desse ônibus. Ou quem sabe você está com saudades de olhar pela janela e ver São Paulo. Ontem você não chorou com saudade de São Paulo? Até pediu pra eu sair do quarto que você queria pensar em São Paulo sozinha, lembra?
– ... eu tô entendendo, pode continuar...
– Ah, sei lá, é meio isso! Você sente uma coisa agora, mas pode ser por um outro motivo que você nem sabe qual é, entende?

Antes de dormir.
– Eu tenho raiva quando você fala com alguém e diz pra mim que é conversa de adulto.
– Mas se eu tô falando que é, é porque é! E tá acabado. Eu não tenho que ficar explicando nada, porque não é conversa pra criança.
(Pausa.)
– Mas quando eu falo com uma criança, com as minhas amigas, eu nem falo que você não vai entender. Agora chega, vai dormir, mãe, fica quieta, eu não vou explicar de novo.
(Pausa longa.)
– Mãe?
– Fala.
– Ainda não dormiu? Você não entende nada do que eu digo, né? Fecha o olho, vai!

情緒

－太好了！醫生說只是耳朵裡的壓力。就像我們在飛機上、游泳池裡感覺到的壓力，還記得嗎？他說是因為鼻子堵住了。

沉默中

－雲微，你還好嗎？

－我很生氣。

－是的，但耳朵有事情都是這樣的。。。

－我不是說這個。

－那你在說什麼呢？

雲微哭得很厲害

－我不能說。我很羞愧。你不會喜歡聽的！

－也許我不會喜歡，但沒關係。你可以說，我會試著理解。

－我試著說。我對在這輛公共汽車裡的每個人都感到憤怒。有時我對每個人都感到憤怒，也對你感到憤怒，媽媽。如果我感到這麼多憤怒，那麼我一定是個壞女孩。。。

－不，雲微，你不是壞女孩。有時感到憤怒是正常的。。。

－媽媽，這不正常，因為這太多憤怒了！

－聽著，我會試著給你解釋一件事，但我不知道我能不能做到。

－說吧，我在聽。。。

－有時我們會感到憤怒，我們會認為是因為那時發生的事情。。。

－我明白了，繼續。

－但實際上可能不是。比如說：你不應該對這輛公車上的這些人感到憤怒。也許你只是對在這輛公共汽車上待太久感到憤怒。或者也許你懷念在窗外看到聖保羅的情景。昨天你不是因為想念聖保羅而哭了嗎？甚至讓我離開房間，你想自己一個人想聖保羅，還記得嗎？

－我明白了，可以繼續。。。

－哦，我也不知道，大概就是這樣！你現在感到一種情緒，但可能是因為另一個你自己都不知道的原因，懂嗎？

睡前

－當你和別人說話時，然後對我說那是成年人的談話時，我就生氣。

－但如果我說了，那就是因為確實是成年人的談話！到此為止。我不用解釋什麼，因為這不是孩子可以談的話題。

沉默中

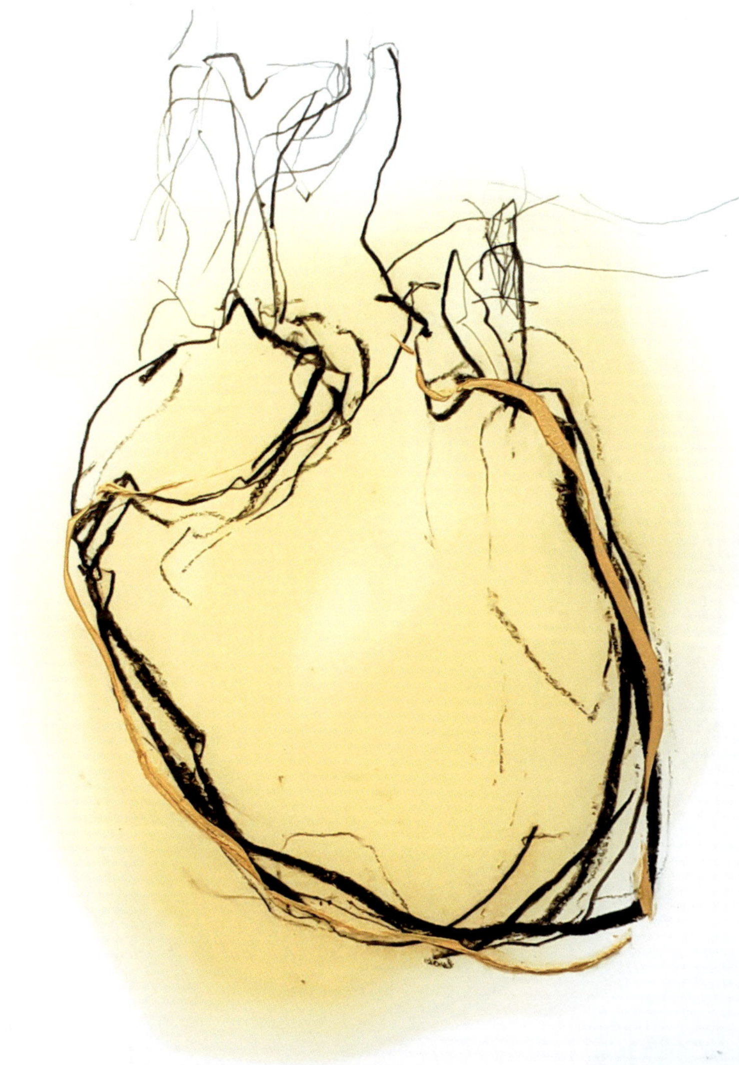

Manhã chuvosa

7
set
2015

Rua

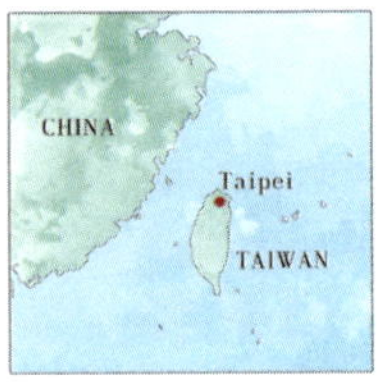

Taipei, Taiwan

ARTISTA
Karen Greif
Amar

– Mãe, a gente torce pro time do Jesus?
– Não, filha! A gente torce pra aquele pessoal do Moisés, sabe?
– Não.
– Na verdade time não é religião, né, Luba!? Então ninguém torce pra Cristo, Moisés, Buda... Você é judia e também é budista. Eu sou judia e me interesso bastante pelo budismo, e seu pai é budista e se interessa bastante também pelo judaísmo. Daí você também é os dois, entendeu?
– Mas o judeu não faz Natal?
– Não.
– Ah, mas eu queria fazer Natal, já pensou ter uma árvore dentro de casa?!
(Pausa.)
– Mãe, aquele pai do menino que estuda na minha escola daqui de Taipei que também é brasileiro é do time do Jesus.
– Como você sabe?
– Eu sei desde o primeiro dia que eu vi ele. Ele usa uma cruz no colar dele.
– É verdade. Mas lembra, Luba, time não é religião, tá?

Dia seguinte.
A tia pergunta:
– Luba, pra que time você torce?
– Corinthians.
– Corinthians?! Nossa, que louco! Mas o teu pai não é são-paulino?
– Mas o meu avô era corintiano. Então a gente também é do Corinthians.
– É verdade, Luba, ele era um polonês judeu corintiano roxo!

下雨天的早晨

—媽媽，我們支持耶穌隊嗎？

—不，女兒！我們支持摩西隊，知道嗎？

—不知道。

—其實，球隊不是一種宗教，你知道吧，雲微？所以沒有人支持耶穌、摩西、佛陀。。。你既是猶太人又是佛教徒。我是猶太人，對佛教很有興趣，你爸爸是佛教徒，對猶太教也很有興趣。所以你也是要兩者兼顧，懂了嗎？

—但是猶太人不慶祝聖誕節嗎？

—不。

—啊，但我想慶祝聖誕節，想在家裡放一棵聖誕樹。

沉默中

—媽媽，那個在我台北學校上學的巴西孩子的爸爸也是耶穌隊的。

—你怎麼知道的？

—我從第一天見到他就知道了。他項鍊上戴著十字架。

—是真的。但記住，雲微，球隊不是種一宗教，知道嗎？

第二天，阿姨問：

—雲微，你支持哪一隊？

—科林蒂安。

—科林蒂安？！哇，太瘋狂了！但你爸爸不是聖保羅隊的嗎？

—但是我的外公是科林蒂安隊的。所以我們也支持科林蒂安。

—是的，雲微，外公是個波蘭猶太人，是個鐵桿的科林蒂安球迷！

Mal-estar

20
set
2015

Hotel

Seul, Coreia do Sul

ARTISTA
Yves Jesion

– Mãe, tô me sentindo mal.
– O que você tá sentindo?
– Acho que uma dor aqui embaixo do braço; acho que é na axila.
– Nossa! Você tá quente. Xiii, tá com a glândula inchada, mesmo! Deixa eu medir a sua temperatura.
– Temperatura é febre, mãe?
– É. Tem um pouco sim, vem descansar, vem.
Chora. Pega no sono. Acorda.
– Tá melhor agora, Luba?
– Eu tenho um segredo pra te contar, é importante de verdade. Mas esse você pode ficar olhando pra mim, não precisa ser no ouvido. Esse segredo é muito segredo, hein! Tem até que fechar a porta do quarto.
– Oba! Manda.
– A Irene beijou na boca do Gabriel.
– Nossa! Sério? Mas com 5 anos vocês já fazem isso?
– Não, mãe, eu não fiz nada! Isso eu vou fazer só quando eu for bem grande, quando eu for morar em Nova York sozinha.
– Nova York??
– É, eu vou morar lá quando eu crescer!
– Nossa, Luba, esse sim é um segredo da pesada. Acho que eu não gostei de saber desse seu segredo.
– Vai demorar, mãe! Mas é bom já falar pra você já saber. Vai ter quarto pra você e pro papai pra quando vocês forem me visitar! Mas é só pra ficar um pouquinho, tá, mãe?!
(Pausa.)
– Mãe, tô com dor na cabeça.
– Eu também.

生體不適

–媽媽，我覺得不舒服。
–怎麼了？
–我覺得這裡有點疼，就是腋下這裡；我覺得是在腋下。
–哎呀！你身體有點熱。哇，淋巴真的有點腫！你體溫有點高。
–體溫高就是發燒嗎，媽媽？
–是的。有一點點發燒，來休息一下吧，來。

哭了一會兒。睡了一會兒。醒了。

–雲微，現在感覺好些了嗎？
–我有一個真的很重要的秘密要告訴你。但這個你可以看著我，不用耳朵靠近。這個秘密真的很嚴密！甚至要把房門關上。
–哇！說吧。
–Irene 親了 Gabriel 的嘴。
–真的嗎？但你們五歲就做這樣的事了？
–不是媽媽，我什麼都沒做！這種事我只會在長大後，只會在我一個人在紐約住的時候才會做。
–紐約？
–是的，我長大後要去那裡住！
–哇雲微，這才是個大秘密。我想我不想知道你的這個秘密。
–還要很久，媽媽！但告訴你是好的，讓你提前知道。等你們去找我的時候，會有一個房間給你和爸爸！但只是待一會兒，好嗎，媽媽？！

沉默中

–媽媽，我頭痛。
–我也是。

C°
50°
40°
30°
20°
10°

Coruja-meia-sapato virado

16
out
2015

Casa da avó

Taipei, Taiwan

ARTISTA
Anastácia
Hatziefstratiou

– Olha o que eu ganhei hoje da Sandra, mãe!
– Xiii, uma coruja?
– Xiii por quê?
– Porque eu não sei gostar desse bicho.
– Como assim?
– Minha avó não deixava gostar quando eu tinha a sua idade. Nem fazer um desenho dela ela deixava. Ela dizia que não dava sorte. Dormir de meia também não podia. Sapato virado então, nem pensar!!
– Mas, mãe, você não pode não gostar de um bicho. Os bichos são tão legais! Um dia eu até vi uma coruja na nossa praça. Eu queria ajudar ela. Ela tava no chão, mas o papai disse que tava morta, aí eu nem levei ela pra casa.
– Pois é, Luba! São tantos anos acreditando nessas superstições que nem consigo mais pensar de outro jeito. Nunca consegui dormir uma noite inteira de meia!
– Mas você tem que mudar, mãe! Você já cresceu. Você sabe que todos os bichos são legais, não sabe?
– Sei.
– Então muda, só isso. Vai ser bom pra você!
– Tá certo. Eu mesma sei que esse bicho é bem poderoso e sábio. E traz muita sorte pra muita gente.
– Esse bicho que você tá falando é a coruja, né? Então fala mãe, pode falar, não precisa ter medo, fala: co-ru-ja.
– Coruja.
– Isso. Viu. Você já tá mudando. Agora eu vou dormir com ela abraçadinha.
– Não precisa dormir com ela abraçadinha, Luba. Pra quê?
– Eu já falei, mãe, muda!

Dia seguinte.
– Mãe, você já conseguiu mudar?
– Não sei!
– Tá bom, eu espero você mudar.
(Pausa.)
– Mãe, pega a coruja pra mim aqui na ponta da cama?!
– Toma.
– Viu, você já mudou!

貓頭鷹 – 襪子 – 鞋子倒放

–你看，媽媽，今天我從 Sandra 那裡得到了什麼？

–噢，一隻貓頭鷹？

–噢，為什麼？

–因為我不喜歡這種動物。

–怎麼了？

–我的奶奶不讓我喜歡這個動物，當我跟你一樣大的時候。她甚至不讓我畫貓頭鷹，她說那不吉利。她也不讓我穿襪子睡覺。更別提鞋子倒放了！

–但是媽媽，你不能不喜歡一種動物。動物都是很棒的！有一天我甚至在我們的廣場上看到了一隻貓頭鷹。我想幫助它。它躺在地上，但爸爸說它已經死了，所以我沒有把它帶回家。

–是的，雲微！相信這些迷信已經這麼多年了，我都不敢想別的了。我從來沒穿過一整晚的襪子！

–但是你必須改變，媽媽！你已經長大了。你知道所有的動物都很棒，對吧？

–知道。

–那就改變，就這樣吧。這對你會有好處的！

–好吧。我知道這種動物非常強壯和聰明。貓頭鷹對許多人來說是帶來好運。

–你說的這個動物就是貓頭鷹，對吧？那麼說吧，媽媽，不用害怕，說：貓–頭–鷹。

–貓頭鷹。

–對，看到了吧。你已經在改變了。現在我要擁抱著它睡覺了。

–雲微，你為什麼要抱著它睡？

–我已經說過了，媽媽，改變吧！

第二天

–媽媽，妳已經改變了嗎？

–不知道！

–好吧，我等你改。

–暫停。

–媽媽，在床頭的地方拿一隻貓頭鷹給我！

–拿去。

–看到了吧，你已經改變了！

25
out
2015

Banco do templo budista

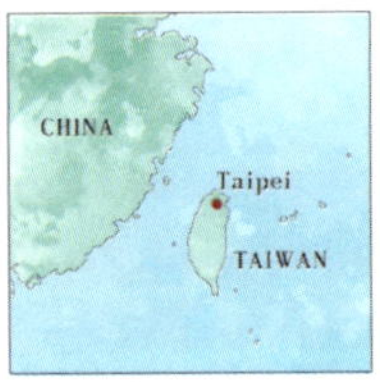

Taipei, Taiwan

ARTISTA
Paulo Climachauska

Tempo templo tempo

– Ah, que bom! Eu nadei, eu andei de bicicleta, você patinou, nós comemos bem, subimos esses mais de trezentos degraus do templo e rezamos! Ufa! Agora estou me sentindo bem melhor! Estou me sentindo uma outra pessoa.
– Desculpa te avisar, mãe, mas você é a mesma pessoa.

2015

時間

寺廟

時間

－啊！太好了！我游泳了，我騎車了，你滑冰了，我們都吃得很好，也爬了那三百多個寺廟的台階，也祈禱了！哇！現在我感覺好多了！我感覺像是另一個人了。

－很抱歉媽媽，我要告訴你，你還是同一個人。

A vassoura

30
out
2015

Plateia

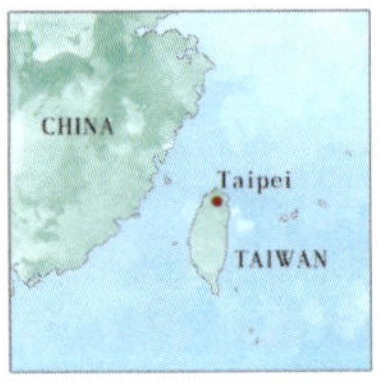

Taipei, Taiwan

ARTISTA
Akira Goto

– Tô pronta, mãe!
– Peraí, Luba. Eu sei que hoje aqui é Halloween, mas a gente tá indo ver uma peça de adulto. Não vai fantasiada de bruxa, não! Hoje são os atores que vão se fantasiar, entende?
– Ah, mãe! Tá bom, vai! Vou tirar.
(Pausa.)
– Tô pronta.
– Tá bonita... mas peraí, e essa vassoura na sua mão?
– Decidi ir só com isso da minha fantasia toda. Pode, né?
– Mas você escolheu a única coisa que...
– Não adianta não deixar. Eu vou com a vassoura.
– Jura?
– Juro.
– Você sabia que a gente vai de bicicleta?
– Tudo bem, de bicicleta e com vassoura!

– Chegamos. Só falta achar um bom lugar agora pra estacionar essa bicicleta. Nossa! quanta criança fantasiada na rua por causa desse Halloween. Caramba! Se prepara, Luba, tá vindo um monte de senhorzinhos e senhorinhas te oferecer bala...
– Posso pegar?
– Claro que pode. Pega, agradece e vamos pro teatro que estamos atrasadas, tá bom?
(Pausa.)
– Luba, desculpa não ter deixado você vir com a roupa de bruxa, mas você entendeu, né? É que vamos ver uma peça.
– Tudo bem, mãe! Eu tô com a minha vassoura.
– Vem! Vamos entrar no teatro.
– Vamos.
Sentamos. Luba estacionou sua vassoura de piaçaba como quem estaciona uma bicicleta. De soslaio durante a peça vi aquela vassoura caída nos meus pés. Por um segundo, pensei: Uai! O que essa vassoura tá fazendo aqui? Mas logo lembrei: viemos de vassoura!

掃帚

我準備好了，媽媽！

－等等，雲微。我知道今天是萬聖節，但我們去看的是一場大人的戲劇。你不必扮成女巫，今天是演員要裝扮的，懂嗎？

－好啦媽，我會脫掉。

沉默中

－我準備好了。

－看起來很漂亮。。。但等等，你手裡那個掃帚呢？

－我決定只帶著我整個裝扮裡的這個。可以吧？

－但你選了唯一。。。

－不管你說什麼，我就是會帶著掃帚去。

－你確定？

－我確定。

－你知道我們要騎腳踏車去嗎？

－沒問題，騎腳踏車帶著掃帚！

－到了。現在找個好地方停放腳踏車。哇！因為萬聖節的關係，街上有這麼多小孩全身裝扮！準備好了，雲微，有一群老人家給你糖果了…

－。。。我可以拿嗎？

－當然可以。拿了要說謝謝，然後我們去劇院，我們已經遲到了哦。

沉默中

－雲微，抱歉沒讓你穿女巫裝，但你懂的，對不對？因為我們要看戲。

－沒問題，媽媽！我有我的掃帚。

－來吧！我們進劇院。

－好的。

我們坐下了。雲微像停腳踏車一樣把她的掃帚也停放了下來。在劇中，我斜眼看到那把掃帚倒在我的腳邊。一瞬間，我想：誒！這把掃帚怎麼在這裡？但我馬上想起來，我們是騎著掃帚來的！

7
nov
2015

Feira dos marroquinos

Romainville, próximo a Paris, França

ARTISTA
Rosa Cohen

Vestido mágico

– Olha eu dançando com esse vestido, mãe! Olha!
– Nossa, que bonita essa sua dança!
– Tô dançando bem balé?
– Balé? Tá! Tá bonito de ver.
– É o vestido, mãe!
– Eu te entendo, Luba. Quando eu era criança eu escolhia sempre o tênis que mais corria da loja. Ficava correndo de um lado pro outro que nem louca pra testar se ele corria bastante. O Kichute era o que mais corria. Foi isso que você quis dizer, não foi? Que você tá dançando bem porque o vestido está te ajudando, meu amor?!
– Não. Eu quis dizer que se dançar com esse vestido a dança pode ficar mais bonita. Só isso!
– Desculpa! É que eu pensei que você pensasse que nem eu quando era criança.
– Claro que não! Eu penso como eu.

魔法裙子

—媽媽，看我穿這條裙子跳舞！看！

—哇，你舞跳得真漂亮！

—我芭蕾舞跳得好嗎？

—芭蕾？好啊！跳得很美。

—是這條裙子，媽媽！

—我明白你的意思，雲微。我小時候總是挑那雙跑得最快的運動鞋。在店裡到處跑來跑去，像個瘋子一樣測試它能跑多遠。旅行鞋是跑得最遠的。你是不是想說，你跳得好是因為這條裙子幫了你，親愛的？

—不是。我只是想說，穿著這條裙子跳舞，舞蹈會比較漂亮。就是這樣！

—抱歉！我以為你像我小時候一样有那樣的想法。

—當然不是！我想的是我自己的想法。

Noah incrédulo

2
dez
2015

Praia

São Paulo, litoral norte, Brasil

ARTISTA
Paulo Caruso

A brincadeira era montar uma pista de corrida.
– Vocês não sabem brincar disso. Vocês, meninas, não sabem nada! Eu quero um menino. Mãe, por que você não trouxe um menino?
Noah desmontou a pista em segundos. Arremessou cada parte da pista pra todos os lados que podia. Teto, escada, porta, nas meninas.
Todas nós, silenciosas, assistíamos como quem assiste a uma performance. Confesso que achei interessante e autêntico o desabafo desse menino em meio a cinco mulheres. Era bom ver a ira daquele pequeno homem. Para as mais novas era algo inédito, um espetáculo! Para nós, mais velhas, era como se já tivéssemos visto isso em algum outro momento de nossas vidas.

Noah 难以相信

遊戲 - 建造賽車道。

- 你們這些女生不會玩這個遊戲，你們什麼都不懂！我想要一個男生。媽媽，為什麼你沒帶一個男生來？

Noah 在幾秒鐘內把賽車道給拆掉了。

他把賽車道拆下來的東西四處亂丟。丟向天花板、樓梯、門，也丟向女孩子們。
我們所有人都沉默不出聲，就像在觀看一場表演。我必須承認，看到這個男孩在五個女生中間發洩情緒，這個場景讓我覺得非常有趣和特別。對於年紀較小的人來說，這是一種前所未有的經歷，更是一場壯觀的表演！對於我們這些年長的人來說，就好像我們在生活中的某個其他時刻已經見過這種情況了。

26
dez
2015

Cabeleireiro do Dennis Ruiz

São Paulo, Brasil

ARTISTA
Telumi Hellen

Ovo x bolacha

– Luba, seu cabelo ficou bem bonito com esse corte. Era assim que você queria?
– Era. Tá legal, mesmo!
(Pausa.)
– Minha cara agora ficou mais redonda! Agora eu tô parecendo uma batata. Melhor assim! Antes eu parecia um ovo de codorna.

蛋還是餅乾

—雲微，你的頭髮剪得很好看。這是你想要的樣子嗎？

—是的。蠻好看的！

沉默中

—現在我的臉更圓了！現在我看起來像個馬鈴薯，這樣也好！以前我看起來像鵪鶉蛋臉。

Dia de cão

27
dez
2015

Festa na laje

São Paulo, Brasil

ARTISTA
Roberto Alencar

– Rezinha, aconteceu uma coisa com a Luba. Uma não, duas!
– Como assim? Cadê ela?
– Calma! Tá aqui. Você prefere primeiro a notícia boa ou a ruim?
– Cadê ela?
– Tá ali brincando.
– Luba, o que foi que... nossa!! O que é isso no seu rosto?
– O Tupã me mordeu.
– O Tupã? O nosso cachorro?
– É! Eu fui fazer carinho nele e ele me mordeu!
– Não é possível. Impossível isso! Ele é nosso cachorro há treze anos. Ele nunca mordeu ninguém!
– Ele mordeu bem na minha bochecha. Eu tava fazendo carinho num outro cachorro, e acho que ele ficou com ciúme do outro cachorro em que eu estava fazendo carinho, daí ele me mordeu. Eu chorei muito, mas eu também fiquei muito feliz!
– Feliz?
– É! Feliz. Porque assim que o Tupã me mordeu, o meu dente caiu. Eba! O meu primeiro dente caiu!
– Uma mordida na bochecha e uma boca sem dente?!
– Legal, né, mãe?
– Deixa pra lá! Então vamos fazer o nosso combinado? Come aquela farofa e fala "Farofa". Que nem eu fazia quando eu ficava banguela.
– Farofa! Hahaha! Farofa! Hahaha! Farofa! Hahaha.
– Hahaha! Chega. Tá bom!
– Farofa! Hahaha! Farofa! Hahaha! Farofa!
– Chega, você escutou?
– Agora cadê a fada do dente?
– À noite, Luba! Chega disso agora!
– Farofa! Hahaha! Farofa... Fada... Farofa! Hahaha!

狗日子

- Rezinha，雲微發生了一件事情。不，不是一件，是兩件！
- 怎麼回事？她在哪裡？
- 別急！她在這裡。你想先聽好消息還是壞消息？
- 她在哪裡？
- 在那裡玩呢。
- 雲微，發生了什麼事。。。天啊！！你臉上是什麼？
- Tupã 咬我。
- Tupã？我們的狗？
- 是的！我在摸它，結果它咬我！
- 不可能，不可能！他跟我們生活了十三年。牠從來沒咬過任何人！
- 他咬了我臉。我那時在摸另一隻狗，我覺得牠在嫉妒我摸另一隻狗，所以他咬了我。我哭了很久，但我也很高興！
- 高興？
- 是啊！高興。因為 Tupã 咬我的時候，我的牙齒掉了。耶！我的第一顆牙齒掉了！
- 臉頰被咬了還沒了牙齒？！
- 酷吧，媽媽？
- 算了吧！那我們就按照我們事先約定好的那樣做，好嗎？吃那個麵粉然後說「法羅法」，就像我沒牙的時候那樣。
- 法羅法！哈哈哈！法羅法！哈哈哈！法羅法！哈哈哈！
- 哈哈哈！好了好了！
- 法羅法！哈哈哈！法羅法！哈哈哈！法羅法！
- 好了，你聽見了嗎？
- 那麼牙仙在哪裡？
- 晚上才會來，雲微！現在就別再提這事了！
- 法羅法！哈哈哈！法羅法-牙仙-法羅法！哈哈哈！

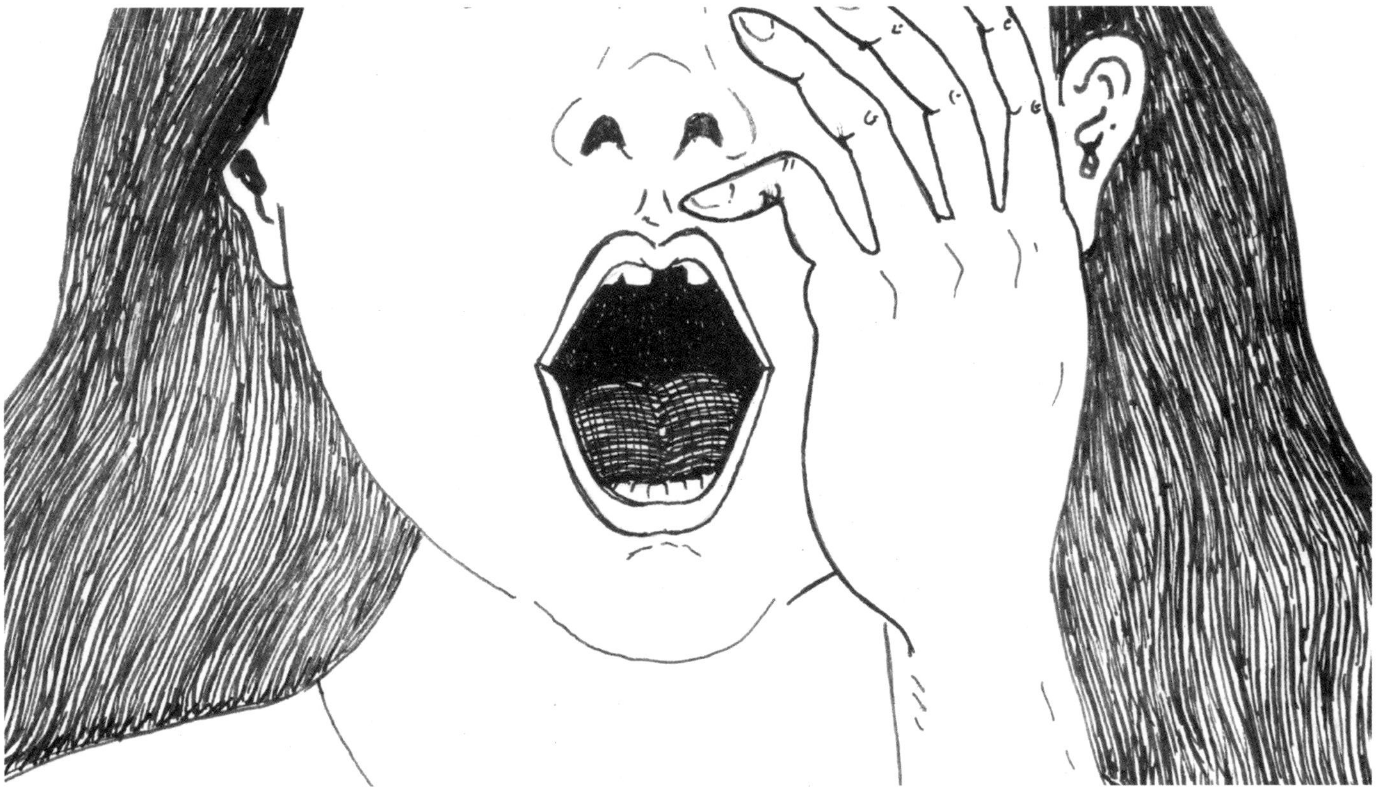

29
dez
2015

Quarto

Serra Verde,
Minas Gerais,
Brasil

ARTISTA
Marina Reis

Bons sonhos

– Mãe, promete que não vai trazer o meu travesseirinho quando eu pegar no sono, promete?
– Por quê, Luba? Não precisa ter vergonha!
Olha pro lado. Tá vendo a cama do Bú? Também tem um travesseirinho igualzinho ao seu.
– Mas eu não quero mais ele nem hoje nem nunca mais. Eu tô a fim de crescer ainda esta noite!

美夢

—媽媽，答應我，我睡著的時候不要拿我的抱枕給我，答應我！

—為什麼，雲微？你不需要害羞！看看旁邊，你看到 Bư 的床了嗎？他的床上也有一個跟你的一模一樣的抱枕。

—但我今晚不想要了，也永遠不要了。我想今晚長大！

24
jan
2016

Calçadão da praia

Rio de Janeiro, Brasil

ARTISTA
Zed Nesti

Je suis cariocá

– Mãe, eu tô falando meio diferente. Acho que eu tô falando com sotaque.
– Nossa, Luba, será?! A gente tá aqui no Rio praticamente há um dia! Será que já deu tempo de pegar sotaque?
– Você não tá percebendo que eu tô falando diferente?
– Não.
– Mas tô!
(Pausa.)
– Sotaque carioca, então?
– Não sei. Acho que francês!

2016

Je suis 裡約人

– 媽媽，我現在說話有點不一樣！我覺得我說話的時候有口音。

– 哇，雲微，是嗎？我們在裡約待了差不多一天！這麼短的時間就有口音了嗎？

– 你沒注意到我說話不一樣嗎？

– 沒有。

– 但我有！

沉默中

– 那是裡約的口音嗎？

– 我不知道。我覺得是法文！

「我不知道。我覺得是法文」

「那是哪國的口音呢？」

沉默中

「但沒有——

——沒有。

「你沒注意到我說話不一樣嗎？」

「唔，雪薇，是嗎？我們在一起差不多一天，這麼多的時間[illegible]口音[illegible]」

「嗯，[illegible]，我是在語言[illegible]不一樣，我覺得[illegible]的口音[illegible]口音。」

June '97 臺北人

"Un flaneur Matisse à Copacabana recontre le jeune Luba."
ZED NESTI
2020

Humano

28
jan
2016

Banheiro

São Paulo, Brasil

ARTISTA
Ayao Okamoto

– Manhêêê, vem cááá!
– Luba, não dá pra você ficar me chamando a cada minuto. Já chega essa noite que não dormi de tanto que você me chamou! Que tal de agora em diante você ir até mim só quando precisar, hein?
– É que eu tenho duas perguntas importantes pra fazer.
– Primeira.
– O que é espírito?
– Boa pergunta. Do que a gente é feito?
– Pele.
– O que mais?
– Massa.
– O que mais?
– Sangue.
– O que mais?
– Osso.
– Boa! Então, tudo isso que você tá vendo também é matéria. Quando a gente morre, a matéria vai embora, mas a alma, o espirito da gente, permanece.
– O quê???
– Outro dia você não estava olhando pro céu e conversando com o vovô, com o Pedro, pai da tua amiga Clara...
– ... então quem escuta e vê a gente é a alma, o espírito?
– Isso. E a gente quando...
– Já entendi, mãe. Quando a gente morre a gente vira invisível, só isso!
– É isso. Agora deixa eu trabalhar, tchau.
– Peraí!! Desculpa, agora a outra pergunta.
– Pois não?!
– O que é corrimento?
(Pausa.)
– Quando ainda não se é invisível, mais cedo ou mais tarde, um dia toda mulher tem.

人類

－媽媽，可以過來一下嗎？

－雲微，你不能每分鐘都叫我。昨晚你叫得我一夜都沒睡好！從現在開始，你只可以在真正需要的時候，再自己過來找我，好嗎？

－因為我有兩個重要的問題要問你。

－第一個？

－靈魂是什麼？

－好問題。我們是由什麼組成的？

－皮膚。

－還有什麼？

－肌肉。

－還有什麼？

－血液。

－還有什麼？

－骨頭。

－很好！所以，你看到所有的這些都是物質。當我們死去時，物質會消失，但我們的靈魂、精神會永遠存在。

－什麼？

－你記得嗎？有一天，你不是看著天空，跟爺爺、Pedro、還有你朋友 Clara 的爸爸在說話嗎？

－所以，聽得到和看得到我們的是靈魂，是精神？

－對，而且當我們⋯

－我懂了，媽媽。當我們死了以後，我們就會轉變成看不見的，就這樣！

－是的。現在讓我工作吧，再見。

－等等！對不起，我還有第二個問題。

－請說！

－什麼是白帶？

沉默中

－當我們還沒有變成看不見的時候，每個女人早晚都會有的。

—當我們變成看不見的部分，每個人早晚都會有的。

瓦礫中

—什麼是石器？

—請說！

—喜歡！誰不的，我還有第二個問題。

—是的。現在輪到我了，你問吧，再見。

—我懂了，確實。當我們死了以後，我們就會轉變成看不見的，就這樣。

—對，而且當我們……

—所以，靈魂[illegible]看不見的我們的身體裡，是嗎？

嗎？

—你記得嗎？有一天，你不是看著天空，跟你說，Pedro，還有你朋友Ciara的爸爸在說話

—什麼？

其實不是存在。

—[illegible]，所以，你會在所有的這些[illegible]當我們死去時，你該會流失，而我們的靈魂，就

—骨頭。

—還有什麼？

—血液。

—還有什麼？

—肌肉。

—還有什麼？

—皮膚。

—我問題，我們是由什麼組成的？

—靈魂是什麼？

—第一個？

—因為我有兩個重要的問題要問你。

靈的部分，而且它到來找我，你說。

—嗯，你不需要介意[illegible]，[illegible]你只可以看見[illegible]

—謝謝，可以回來一下嗎？

人體

岡本

17
fev
2016

Vendo TV

São Paulo, Brasil

ARTISTA
Iara Jamra

Três patetas

– Mãe, um dia você faz um bolo branco, meio mole, pra depois de pronto atirar na minha cara?
– Claro!
– Mas por favor, pode ser de limão?

Perneta

29
fev
2016

Mãe trabalhando no computador

São Paulo, Brasil

ARTISTA
Dudi Maia Rosa

– Mãe, sabia que eu só tenho uma perna?
– Aham!
– Sabia, mãe?
– Aham!
– Mãe, tô falando com você! Sabia que eu só tenho uma perna?
– Fala, Luba.
– Eu tenho uma perna só, sabia?
– Não, você tem duas. Agora fica quieta.
– Não, todo mundo tem uma só.
– Duas.
– Uma.
– Duas, Luba!! Olha pra baixo. Viu?! Não tá vendo que são duas, caramba?! Agora me deixa trabalhar.
– Você que não tá vendo direito. Olha aqui, ó! Presta atenção. Ela começa aqui nesse pé, segue o meu dedo, mãe, vai até em cima, daí tem esse triângulo aqui no meio do caminho, que é o Babuch [genitália em árabe], e a perna continua do outro lado e vai descendo até chegar no outro pé. Entendeu agora? Uma só!
– Bom, dependendo do ponto de vista. E pensando assim é possível que seja mesmo uma perna só!
– E também um braço só, mãe. Olha aqui, ó! Começa nessa mão, sobe, daí tem duas bolinhas que sãos os peitos e continua do outro lado até chegar na outra mão! Ai, peraí, esqueci que no meio dos peitos tem grudado o coração.
E saiu cantarolando.
– Eu que descobri-i!! Todo mundo tem uma perna e um braço, lero lero lero!!! Todo mundo tem uma perna e um braço, lero lero lero... eu que descobri-i!!!

单脚者

－媽媽，你知道嗎，我只有一隻腳？
－嗯。
－你知道嗎，媽媽？
－嗯。
－媽媽，我在跟你說話呢！你知道我只有一隻腳嗎？
－說吧，雲微。
－我只有一隻腳，你知道嗎？
－不，你有兩隻。現在安靜點。
－不，每個人只有一隻。
－有兩隻。
－一隻。
－兩隻，雲微！往下看。你看不見這是兩隻腳嗎？看見了嗎？現在讓我工作。
－你沒看清楚！看這邊！注意看哦！從這隻腳開始，一直順著我的手指往上看，然後中間有一個三角形，那是 Babuch（阿拉伯語的生殖器），然後腿從另一邊延伸到另一隻腳。你懂了嗎？就是一隻腳！
－嗯，從不同的角度來看。這樣的話，確實可能只有一隻腳！
－還有隻有一個手臂，媽媽。看這裡！從這隻手開始，往上走，然後有兩個小球，那是兩個胸部，然後繼續另一側直到達另一隻手！等等，我忘了說在胸部中間有心臟。

然後她唱著走了

－我發現的！每個人都只有一條腿和一隻手臂，嘞-嘞嘞嘞！每個人都有一條腿和一隻手臂，嘞嘞嘞嘞。。。我發現了！

Pesadelo

5
mar
2016

Carro

São Paulo, Brasil

ARTISTA
Talessak

– Mãe, pai, será que a gente é real ou a gente faz parte do sonho de alguém?
– Sabia que eu sempre pensava nisso quando eu tinha a sua idade?
– Então pode ser que esteja todo mundo dormindo e só a gente que esteja acordado no sonho das pessoas, né?
– É. Principalmente quando se anda numa das avenidas mais feias do mundo. Essa tal de Santo Amaro até parece um pesadelo.
– Quê?
– Essa avenida, é algo inacreditável.
– Quê?
– Parece um pesadelo, eu falei. Dá vontade de estar no sonho de alguém, mesmo!
– O que é que você tá falando, mãe?
– Nada. Pensando alto. Isso aqui é uma merda sem fim.
– Para de falar palavrão, mãe!
– As vezes é necessário.
– Mas agora não é. A gente tava falando de sonho, mãe!
– Desculpa. Verdade.
– Quê?? É verdade que é sonho?
– Não. Mentira.
– Verdade ou mentira?
– Estando na Santo Amaro eu já não sei também.

惡夢

—媽媽，爸爸，我們是真的存在還是只是別人夢中的一部分呢？
—你知道嗎？我在你這個年紀的時候也常常思考這個問題。
—那麼可能所有人都在睡覺，只有我們在別人的夢中醒著，對吧？
—是呀，特別是當我們在世界最醜陋的大街上，聖阿瑪羅大道，簡直就像一場噩夢。
—什麼？
—這條大街。。。真是難以相信。
—什麼？
—我說：像是個噩夢。還真的讓人想要成為別人夢中的一部分！
—你在說什麼，媽媽？
—沒什麼。我在自言自語。這裡一片混亂。
—別說髒話，媽媽！
—有時候是必要的。
—但現在不是。我們在說夢話呢，媽媽！
—喔，對，對不起，真的。
—什麼？真的是夢嗎？
—不，是假的。
—是真的還是假的？
—在聖阿瑪羅大街上，我也不確定了。

—在雲南高黎大合土，我也不記得它了。

—是真的還是假的？

—不，是假的。

—什麼？真的是夢嗎？

—嗯，對，對不起，真的。

—但現在不是。我們在說夢話呢，親愛的！

—有時候是必要的。

—說說夢話，親愛！

—沒什麼。我在自言自語。這是一種習慣。

—你在說什麼，親愛的？

—我說，像是個噩夢。是真的讓人覺得好像是別人夢中的一部分！

—什麼？

—高黎大街……真是難以相信。

—什麼？

—是呀，特別是當我們在世界最頭疼的大合土，是同高黎大道，簡直就像一場噩夢。

—那麼可能所有人都在睡覺，只有我們在別人的夢中醒著，對吧？

—你知道嗎？我在你這個年紀的時候也常常思考這個問題。

—媽媽，爸爸，我們是真的存在還是只是別人夢中的一部分呢？

夢境

8
mar
2016

Cama

São Paulo, Brasil

ARTISTA
Rachel Rosalen

Eu sou você

– Sabia que eu sou você, mãe?
– Não. Você é você e eu sou eu. Coloca isso na sua cabeça.
– Tá. Mas se eu saí de dentro de você então eu também sou você.
– Tá certo. Mas você saiu, como você bem disse...
– Já sei, então eu sou uma parte de você!
– É. Mas você é você, entendeu? Eu preciso que você entenda isso pra gente conseguir entender umas coisas que vem pela frente.
– Sabia que outro dia eu fui pra casa da vovó de carro, sozinha?
– Não, Luba! Quem foi fui eu! Você tá confundindo as coisas.

我就是你

-你知道嗎？媽媽，我就是你。

-不，你是你，我是我。把這個記住。

-好吧。可是我是從你的身體裡出來的，那我也算是你。

-對。但就像你說的，你已經出來了。。。

-我明白了，所以我就是你的一部分！

-是的，但是你仍然是你，懂嗎？我需要你明白這一點，這樣我們才能理解以後的一些事情。

-你知道嗎，前幾天我自己開車去奶奶家！

-不是你，雲微！是我去的！你搞混了。

3 da matina

8
mar
2016

Cama

São Paulo, Brasil

ARTISTA
Ricardo Aprígio Fonseca

– Mãe, como se pensa?
– Me deixa dormir, por favor.
– Como se pensa, eu falei!
– Agora não é hora de pensar. Fecha os olhos e dorme.
– Não consigo!
– A gente nunca para de pensar. Mas agora é hora de dormir. Fecha os olhos e dorme, já falei!
– Como se consegue dormir, caramba? Tem que pensar em coisas boas?
(Silêncio.)
– Mas eu não tô conseguindo pensar em nada. Mãe, me faz cafuné?!
– Agora não é hora de exigir nada, nem cafuné. Quero dormir, fica quieta.
– Fica quieta você, que nem para de falar e nem faz o que eu mando.

凌晨三點

—媽媽，怎麼思考？

—拜託，讓我睡吧。

—我說 怎麼思考！？

—現在不是思考的時候。閉上眼睛，睡覺吧。

—我睡不著！

—我們永遠都在思考。但現在是睡覺的時候。閉上眼睛，睡覺，我已經說過了！

—怎麼才能入睡，真的！需要想些好事嗎？

沉默中

—但我什麼都想不到。媽媽，給我揉揉頭？

—現在不是要求的時候，也不是揉頭的時候。我想睡覺，安靜點。

—你才安靜呢，也不停止回我話，也不做我所說的話。

15
jun
2016

A caminho do consultório

São Paulo, Brasil

ARTISTA
Carlos Simas

Capeta

– Não tira o capuz antes de eu mandar. Senão a tua febre vai aumentar ainda mais.
(Pausa.)
– Mas eu falei pra você não tirar o capuz, você não escutou??
– Mas não fui eu que tirei, mãe! Foi meu espírito.

Triângulo

12
jul
2016

Casa da Avó

Taipei, Taiwan

ARTISTA
Nazareth
Pacheco

– Não é verdade que dentro da gente tem caveira?
– É, tem sim.
– E todo mundo tem medo de caveira, né, mãe? Por que será? Mesmo a gente sabendo que o esqueleto um dia já foi gente, a gente tem medo de esqueleto. Mas é só um osso!
– Sei lá! Acho é porque a caveira não tem expressão, por isso que a gente acha meio esquisito.
– Eu não tenho medo, mas às vezes também acho meio esquisito. Às vezes acho meio engraçado quando eu vejo um esqueleto inteiro de uma pessoa, sabe por quê?
– Hãã?
– Porque o pinto do homem era só uma massa, sem osso, daí o esqueleto do homem fica sem pinto. Mas na mulher não, o osso do triângulo da mulher continua lá.
– Nossa, Luba, nunca tinha pensado nisso!
– Eu, sim!

三角形

—我們的生體裡是一具骷髏嗎？

—是的，確實有。

—大家都會害怕骷髏對不對，媽媽？為什麼呢？我們都知道骷髏曾經也是個人，可是我們還是會害怕骨骼，其實只是一些骨頭而已！

—我也不知道！我覺得可能是因為骷髏沒有表情，所以我們會覺得有點怪。

—我不怕，但有時候也覺得怪怪的。有時候我看到一個完整的人骨，覺得有點好笑，你知道為什麼嗎？

—為什麼？

—因為男生的雞雞只是一塊肉，沒有骨頭，所以男人的骨骼上沒有那個。但是女人不一樣，女生的三角形還是在那裡。

—哇，雲微，我從來沒想過這件事！

—我想過！

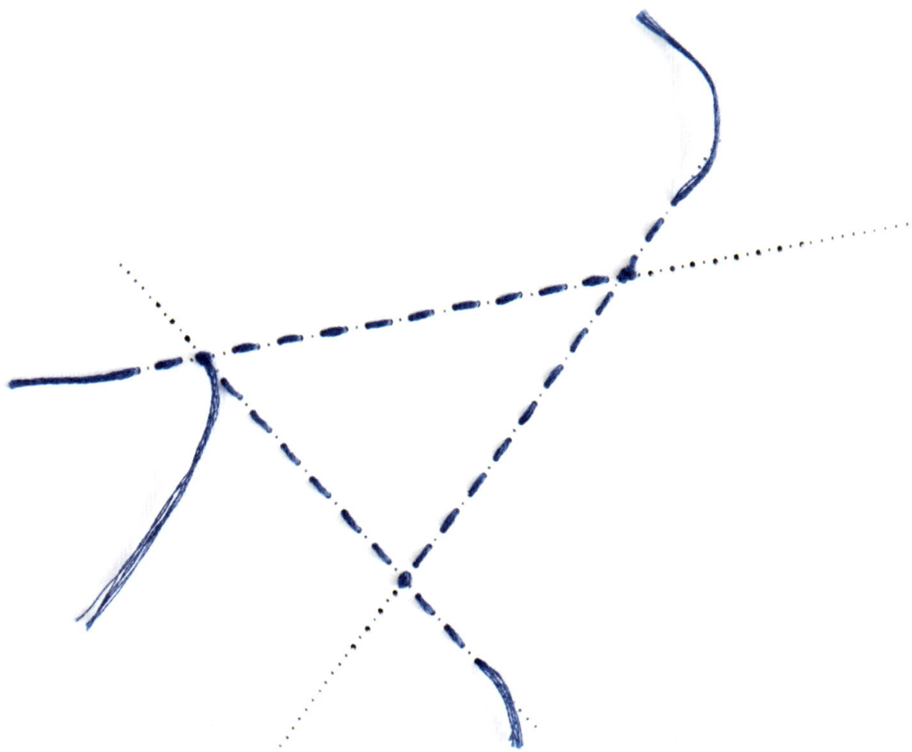

Primeira crise existencial

1
out
2016

Banho

São Paulo, Brasil

ARTISTA
J. C. Serroni

– Vai passando o sabonete que eu só vou pegar a sua toalha.
– Tá. Vai pegando a toalha que eu só vou brincar mais um pouco aqui.
Volto. Abro o box e ela está em prantos.
Me assusto, mas confesso que acho poético ver aquela água caindo na cabeça e as lágrimas escorrendo sem parar.
– Mas o que é isso?! Por que você tá chorando tanto assim de uma hora pra outra?!
– É que eu tô com saudade de mim!
– Desculpa, Luba. Não entendi.
– Eu tô com saudade de mim de quando eu era bebê. Eu era tão feliz bebê.
– E agora não é mais?
– Acho que sou. Mas agora tudo é mais difícil na minha vida.
– Vai, Luba! Se enxuga. Se troca. Quero ver esse cabelo bem seco. Desce pra jantar. Tô te esperando na mesa.
E bateu a porta do box e se pôs a chorar mais alto.

第一次存在危機

–你先抹香皂，我去拿你的浴巾。

–好的。你慢慢拿，我想在這裡再玩一下。

我回來的時候，打開浴室的門，看到她正傷心地哭著。我嚇了一跳，但我必須承認看到水從她的頭上流下來，眼淚也不停地流著，我覺得有些詩情畫意。

–這是怎麼回事？為什麼你突然哭得這麼傷心？

–因為我想念我自己！

–抱歉雲微，我不懂。

–我想念我小時候的自己。我當時是多麼快樂的一個寶寶。

–那現在不是了嗎？

–我想我是吧，但是現在我的生活變得更難了。

–來雲微！擦乾自己，換上衣服。我要看到你吹乾的頭髮，然後下樓吃晚餐。我在飯桌上等你。

她關上浴室的門，哭得更大聲。

16
out
2016

Restaurante

Taipei, Taiwan

ARTISTA
Décio Soncini

Olho por olho, dente por dente

– Mãe, todos os tubarões, quando veem a gente no mar, eles comem a gente?
– Acho que não, muitos são mansos. Mas tem uns que, quando estão famintos, daí comem a gente.
(Pausa.)
– Mãe, lembra aquele dia que a Amá [vó em taiwanês] fez sopa de barbatana de tubarão pra gente?
– Lembro.
– Você comeu?
– Comi.
– Você gostou?
– Mais ou menos. Mas ela fala que faz bem pra saúde, que faz bem pros ossos da gente, então eu comi!
– Ai, mãe, você é louca de comer tubarão! E se você comeu tubarão, foi porque alguém matou ele só pra você comer.
– Você tem toda a razão, Luba! Se um dia a Amá me oferecer, eu não vou aceitar!
– Tudo bem, mãe, você nem é tão louca assim.
Às vezes os tubarões também comem a gente.

以牙還牙，以眼還眼

－媽媽，所有的鯊魚看到海裡有人的時候，
它們會吃人嗎？

－我覺得不會，很多都很溫馴。但有些鯊魚
當它們餓了的時候，就會吃人了。

沉默中

－媽媽，記得那天阿嬤給我們做鯊魚鰭湯嗎？

－記得。

－你吃了嗎？

－吃了。

－你覺得好吃嗎？

－一般般。但她說對身體好，對我們的骨骼也好，所以我就吃了！

－哎呀！媽媽，你吃了鯊魚，真是太瘋狂了！就是因為你吃鯊魚，所以才會有人去殺。

－你說得對，雲微！如果阿嬤再煮給我吃，我就不吃了！

－沒關係媽媽，你不算太瘋狂。有時候鯊魚也會吃人。

28
out
2016

Telefone

São Paulo, Brasil

ARTISTA
Rafael Vogt
Maia Rosa

Lá vem o pato laqueado, pato aqui, pato acolá

– Alô!
– Alô.
– Oi, Isa! É a Luba.
– Oi.
– Você quer vir agora na minha casa conhecer os meus dois patos vivos?
– Sim.
Desligaram.
– Luba, da próxima vez que você convidar alguém pra ver os seus patos, não precisa dizer "patos vivos". Ninguém convida alguém pra conhecer patos mortos.
– Mas eu acho melhor avisar que os patos estão vivos, com pele, com pena, senão as pessoas podem pensar que estamos chamando elas pra jantar os patos.
(Pausa.)
– Quem da sua escola tem patos em casa?
– Ninguém!
– Então melhor avisar, mesmo!

嘎嘎嘎，烤鴨来了

－喂！

－喂。

－嗨，Isa！我是雲微。

－嗨。

－你要不要現在來我家看我的兩隻活著的鴨子？

－要。

電話掛斷了

－雲微，下次邀請別人來看你的鴨子時，不用說「活著的鴨子」。沒有人會邀請別人來看已經死了的鴨子。

－但我覺得最好提醒鴨子是活的，有皮有毛，否則他們會以為我們在邀請他們來吃鴨子。

沉默中

－你學校有誰家養鴨子？

－沒有人！

－嗯，那真的你還是最好提醒一下！

27
dez
2016

Loja

São Paulo, Brasil

ARTISTA
Rubens
Zaccharias

Reflexo

– Pronto, mãe. Agora olha pra mim e fala: eu tô parecida com a Luba?
– Tá. Claro que tá.
– Tzaaa, mãe, mas eu não queria estar parecida com ela!
– Mas ela é você, tá?! E como assim, Luba?! Você está... sei lá, digamos que um pouco produzida, só isso! Tá linda!
– *Tzaaa*, que droga!
– Mas você queria se parecer com quem, então?
– Sei lá! Mas com a Luba é que não! Quem sabe com outra pessoa que eu nem conheça!

反射

—媽媽我好了。現在看著我，回答我：我像雲微嗎？

—嗯。當然像。

—哼，媽媽，但我不想像她！

—但她就是你，好嗎？還有，怎麼了雲微？你有點。。。我也不知道，你稍微打扮了太過多一點，就這樣而已！但是你看起來很漂亮！

—哼，真糟糕！

—那你想要像誰呢？

—我也不知道！但絕對不是雲微！也許是別人，甚至是我不認識的人！

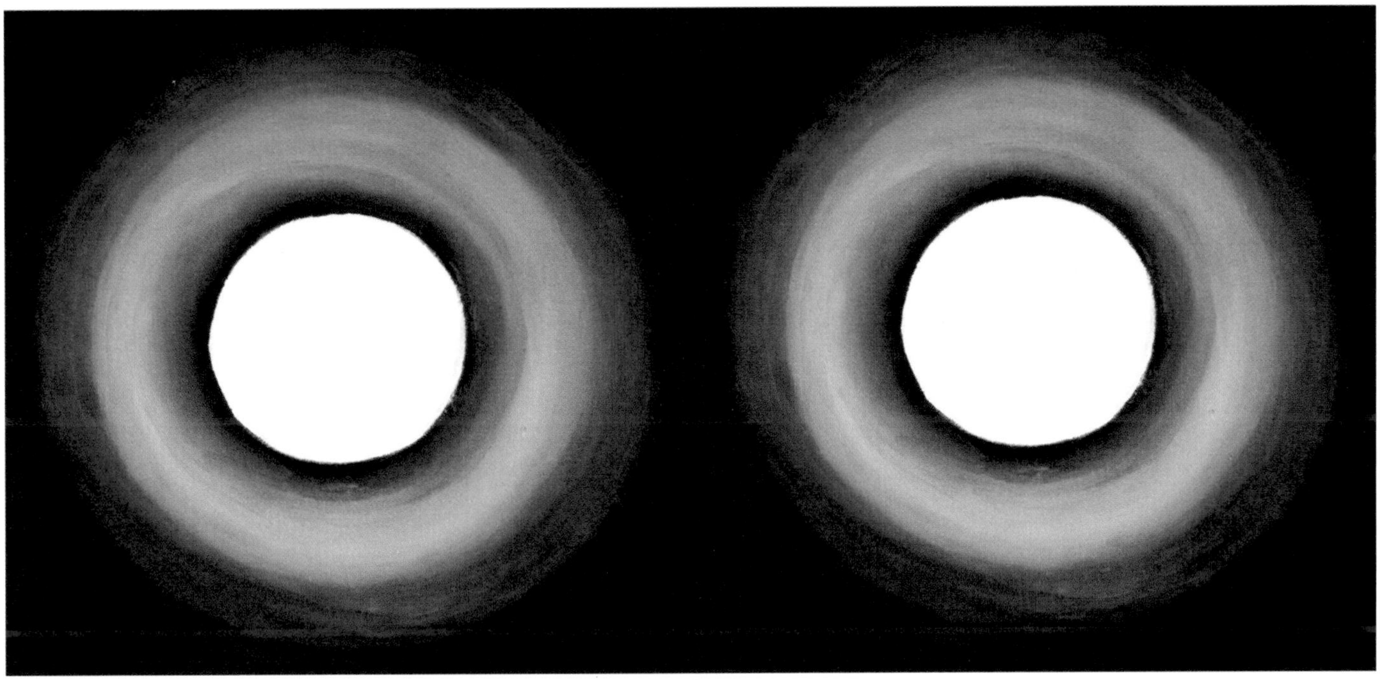

Na berlinda

30
jun
2017

Apartamento da Anete

Berlim, Alemanha

ARTISTA
Vicente de Mello

– Manhê, alguém da nossa família tem tatuagem?
– Não.
– Ninguém, ninguém, ninguém?
– Não.
– Quando eu for grande, se eu quiser eu posso ter?
– Se você quiser, ué!
(Pausa.)
– Desculpa, Luba. Esqueci de dizer que o meu pai tinha.
– Tatuagem? É sério? E o que ele fez?
– Ele não fez. Fizeram nele.
– Mas que desenho era?
– Não era desenho, eram números.
– É sério?
– É sério.
– E onde fizeram nele?
– No braço. E fizeram aqui, neste país onde a gente tá agora.
– É sério? Mas por quê?
– Durante a guerra.
– Guerra! Que guerra?
– A Segunda. Agora chega. Um dia eu te conto tudo. É muito difícil explicar pruma criança algo que não tem nexo nem nunca terá.
– Explica, vai! Eu vou entender. Vai, fala! Tô escutando. Começa!
– Jgiuehfiuherightighjoirjgorkfokr. Deu pra entender um pouquinho, Luba?
– Mãe, posso ligar pra Dora agora? Quero falar que tô com saudade dela.
– Pode.
Susurrando:
– Alô, Dora? É a Luba, tudo bem? Dora, você sabia que o meu avô participou da Segunda Guerra? Conta isso pra sua mãe, pro seu pai, pra todo mundo, ainda bem que ele sobreviveu...
– Lubaaa, desliga o telefone! Deixa a Dora em paz. Você não ligou pra dizer que estava com saudade?
– Dora, tô com saudade. Tenho que desligar agora. Tchau, Dora!

2017

注意焦點

－媽媽，我們家有人刺青嗎？

－沒有。

－沒有？一個都沒有嗎？

－沒有。

－那我長大了以後，我想要刺青，可以嗎？

－如果你想要，當然可以！

沉默中

－對不起！雲微我忘了說，我爸爸有刺。

－紋身？真的嗎？他刺了什麼？

－他沒刺人，是被刺的。

－那刺的是什麼圖案？

－不是圖案，是數字。

－真的嗎？

－真的。

－那刺在哪裡？

－在胳膊上。而且是在我們現在的這個國家刺的。

－真的嗎？但是為什麼爺爺刺青呢？

－在戰爭期間刺的。

－戰爭！什麼戰爭？

－第二次世界大戰。好了，有一天我會把一切都告訴你。給孩子解釋一些毫無意義的事情是很難的，而且永遠不會有答案。

－說啦！我會懂的。快告訴我！我在聽，開始吧！

－吧啦。。。吧啦。。。吧啦。。。雲微，你聽懂一點了嗎？

－媽媽，我現在可以給 Dora 打電話嗎？我想告訴她我很想念她。

－可以。

小聲說

－餵，Dora？我是雲微，你好嗎？Dora，你知道嗎？我爺爺參加過第二次世界大戰！跟你媽媽說，跟你爸爸說，跟所有的人說，我爺爺幸運的活了下來。。。

－雲微！把電話掛掉！別再打擾 Dora 了。你不是為了告訴她你想念她才打電話的嗎？

－Dora，我想念你。我現在需要掛電話了，Dora 再見！

3
jul
2017

Museu Pompidou

Paris, França

ARTISTA
Carcarah

Privado(a)

– Em banheiros públicos eu já te ensinei, caramba! Forra com papel, assim ó...
– Uma pergunta!
– Pois não, Luba.
– As mães mandam na gente até morrer?
– ?

隐私

－真是的，我已經教過你在公共廁所要怎麼做！用紙墊一下，就像這樣。。。

－我有一個問題！

－請說，雲微。

－媽媽們都會一直管我們到死嗎？

－？

「我們[illegible]一直算我們運氣很好。」

「請說，雲婷。」

「我有一個問題」

「真是的，[illegible]公共關係[illegible]，用[illegible]一下，就像[illegible]。」

[illegible]

Em banheiros públicos
eu já te ensinei, caramba!
Forra com papel, assim ó...
Uma pergunta!
Pois não, Luba.
As mães mandam
na gente até morrer?
?
CARCARAH

9
ago
2017

Carro

São Paulo, Brasil

ARTISTA
Telumi Hellen

Cu

– Mãe, você sabe o que é cu?
– Sei, sim.
– Cu é chorar em chinês. Aprendi hoje, sabia?
– Sério!? Ah, cu também é pescoço em francês. E parece que também é céu ou vazio em japonês.
– Mãe, coloca uma música aí no carro!?
E escutamos uma música americana dos anos 1990 sem nos preocuparmos com o que ela dizia.

Cu

– 媽媽，你知道什麼是「cu」嗎？

– 知道啊。

– 知道嗎？Cu」，在中文裡是「哭」的意思，我今天學到的。（ordem da frase)

– 真的嗎！？哦，「cu」也是法文的脖子。

– 還有好像在日文裡也是天空或空虛的意思。

– 媽媽，可以在車上放歌嗎？

我們聽了一首 90 年代的美國歌曲，但沒去擔心它唱的是什麼。

2
out
2017

Garagem

São Paulo, Brasil

ARTISTA
Paulo Sayeg

Maria Bonita

– Pede desculpa pra Maria!
– Mas...
– Pede. Anda!
– Mas a Maria é uma cachorra, Luba!
– E só porque é uma cachorra você acha que não precisa pedir desculpa?
– Mas eu nem sei o que eu fiz!
– Você pisou no pé dela. Não escutou ela fazer auuuu?
– Desculpa, Maria Bonita!
Abaixei a cabeça, coloquei meu rabo entre as pernas e saí de fininho, deixando as duas a sós.

Maria bonita

－向 Maria 道歉！

－可是。。。

－快點，向牠道歉！

－但是 Maria 是隻狗，雲微！

－就因為牠是隻狗你就不需要道歉了嗎？

－可是我連我做了什麼都不知道！

－你踩到牠的腳了。你沒聽見牠叫了一聲「啊嗚嗚嗚。。。」嗎？

－對不起，Maria bonita！

我低下頭，夾著尾巴悄悄離開，讓她們兩個獨處。

Desonestos

14
out
2017

Quarto

São Paulo, Brasil

ARTISTA
Mauro Restiffe

– Mãe, é sério. Fala sério. Quando cai o dente, quem coloca o dinheiro debaixo do travesseiro? São vocês ou a fada do dente?
– Falando sério?!
– Por favor, fala a verdade, é sério!
– A gente.
– Sério?
– É sério! Você pediu a verdade, não pediu? Chega de farsas.
(Longa pausa.)
– Então são vocês que sempre esquecem de pôr o dinheiro no dia certo? Vocês colocam depois de dois ou três dias que já caiu o dente. Ah! Então são vocês também que são os pão-duros?! Teve vezes que tinha dois reais lá! Não dá nem pra comprar um Trident com esse dinheiro, sabia?
– É um valor simbólico. Faz parte do jogo. Uma vez eu até discuti com o seu pai por causa disso. Eu falava que tinha que ser um pouquinho mais, mas ele dizia: é simbólico...
– Ahhh, fala sério! Vocês são ridículos!
(Longa pausa.)
– E não vai me dizer que aqueles pedidos que eu faço pro Papai Noel também são vocês que compram!
– Luba, olha aqui, a gente nem comemora Natal! Eu sou judia e seu pai é budista...
– Lá vem você com essa história de novo. Para de falar o que eu já sei. Responde! Quero a verdade!
– Somos nós!
– Não é possível! Por isso que aquela pasta de dente azul que eu pedi pro Papai Noel uma vez já tava usada?! Você esqueceu de comprar e acabou me dando a sua. Sua safada!
– Calma!
– No último Natal você me deu aquele tucano de pelúcia, mas era o papagaio que eu queria. Bem que eu vi que tinha uma etiqueta da 25 de Março!!
– Mas o tucano é mais raro, mais bonito. Achei que você fosse gostar mais...
– E aquela história de ficar tocando um sino cada hora num lugar diferente. Quem é que tocava?
– Cada hora um pai ou mãe ou um amigo se escondia pra tocar. Tudo faz parte de um jogo.
– Cê tem mais alguma coisa pra me contar das coisas que vocês sempre mentem pra mim?
– Não.
– Verdade?
– Acho que sim!

不誠實

—媽媽，說真的。牙掉了後，是誰把錢放在枕頭底下？是你們還是牙仙？

—要我說真的嗎？！

—拜託，說實話，說真話。

—是我們。

—真的嗎？

—是真的！你要求真相，不是嗎？那我們就不裝了。

長時間的沉默

—所以是你們總是忘記在對的日期放錢？你們在牙掉兩三天後才放。啊！所以你們也是小氣的人？有時候那裡只有兩塊！這點錢甚至買不了一塊 Trident 口香糖，知道嗎？

—這是像徵性的。這是遊戲的一部分。有一次我甚至因為這個和你爸爸吵架。我說應該多一點，但他說：這是像徵性的。。。

—啊真是的！你們太可笑了！

長時間的沉默

—你還要告訴我，我對聖誕老人提的那些願望也是你們買的嗎？

—雲微，聽著，我們又不慶祝聖誕節！我是猶太人，你爸爸是佛教徒。。。

—又來了，你老是拿這個說事。別說我早就知道的事了。回答吧！我想要真相！

—是我們！

—不會吧！難怪我有一次向聖誕老人要了藍色牙膏，結果已經被使用過了？！你忘記買，然後給了我你的。哦，你騙人！

—冷靜點！

—上次聖誕節你給了我那隻巨嘴鳥毛絨玩具，但我想要的是鸚鵡。我還看到有二十五街的標籤！

—因為巨嘴鳥比較稀有，比較漂亮。我以為你會更喜歡。。。

—還有，在不同地方每個小時會響一次鐘。是誰在敲的鐘？

—每小時到的時候，會有爸爸、媽媽或朋友其中的一個人躲起來敲的。這都是遊戲的一部分。

—你們還有什麼事要告訴我，你們總是對我說謊！

—沒有。

—真的嗎？

—我想是的！

Notícias em primeira mão

20
dez
2017

Jardim de casa

São Paulo, Brasil

ARTISTA
Jacques Jesion

– Mãe?!
– Fala mais alto que a ligação está falhando!
– Mãe, eu te liguei pra falar duas coisas: a primeira é uma notícia superboa.
– Sério?! E o que é, hein?
– Você sabia que o Maluf foi preso?
– Eu nem tive tempo de ler o jornal esses dias. Realmente isso é muito boa notícia, mesmo!
– E a segunda coisa é que eu já sei que eu vou sentir saudade. Então, pra eu conseguir te ver agora, vai lá pra fora e olha pra lua. Daí eu olho a lua daqui também, e é como se a gente estivesse se vendo, entendeu?
– Luba, acho que você tá vendo TV demais! Pronto, já to no quintal. Xiii, não tem lua nenhuma hoje! Tá nubladão.
– Já sei, tive uma ideia! Olha pra luzinha vermelha que tem em cima de um prédio que tá bem longe. Viu?
– Tô vendo. Mas essa não é do mesmo prédio que você tá olhando. Essa que você tá vendo é de um prédio da Avenida Paulista, entendeu? Eu tô bem longe daí.
– Tudo bem, mãe, serve qualquer uma. A gente tá se vendo em pensamento.
(Pausa.)
– Tá feliz agora, mãe?
– Claro, Luba! Você é a minha vida...
– Não, mãe! Tô perguntando se você tá feliz que o Maluf foi preso!

第一手消息

—媽媽？

—說大聲點，有點斷斷續續！

—媽媽，我打電話給你是想告訴你兩件事：第一件是一個超級好的消息。

—真的？是什麼好消息啊？

—你知道 Maluf 被抓到了嗎？

—我這幾天都沒時間看新聞。真的是個好消息！

—第二件事是我知道我會想念你。所以，我現在想見你，你去外面看月亮，然後我也去外面看月亮，這樣就好像我們在互相看著，你懂嗎？

—雲微，我覺得你電視看太多了！好，我已經在外面了。天啊，今天沒有月亮！天上都是雲。

—我想到一個辦法了！你看這那座在很遠的樓頂上的紅燈。看到了嗎？

—看到了。但我們看到的不是同一棟樓的燈。你看到的燈是保利斯塔大道上的，我離那裡很遠。

—沒關係，媽媽，任何一個都可以。我們心意相通。

沉默中

—現在你開心了嗎，媽媽？

—當然，雲微！你是我的全部。。。

—不是，媽媽！我是在問你，Maluf 被抓了，你開心嗎？

Outro

11
jan
2018

Parque

Kyoto, Japão

ARTISTA
Andrea Bandoni

– Kyoutro?
– Kyoto.
– Qual kyoutro?
– Ky-o-to. Lê direito, meu! Tá escrito bem grande e debaixo do seu nariz.
– Ah, eu tava pensando que era um melhor kyoutro, que vocês estavam falando.
– Hahahaha! Pateta!
– Hahaha!
– Luba, quer que eu te conte um pouco da história daqui?
– Quero, quero, quero, fala logo, pai!
– Calma! Aqui antigamente tinha reis e rainhas. E pra proteger esses caras e os castelos deles, eles precisavam dos samurais. Samurais eram uns guerreiros que lutavam bem, pra defender esses reis, rainhas e castelos. Mas nem todo mundo era bom de luta, aí eles não conseguiam emprego de guerreiro e viravam Ronins.
– Ronins?
– É, os Ronins vagavam por todo o Japão em busca de templos pra se melhorarem como lutadores.
– Aqui em Kyoutro, também?
– Kyoto. Tá surda agora, é?! Ky-o-to.
– Calma, mãe!
– Parem de brigar, vocês duas. Deixa eu continuar. Então, é por isso que existem muitos templos aqui, entendeu? Pra que todo mundo tivesse um lugar pra morar, pra se aperfeiçoar na luta, na arte, na poesia, na caligrafia... e era no templo que se trabalhava também o seu lado zen.
– Zen??
– O seu equilíbrio.
– É. Por exemplo: quando você fica nervosa por fazer os exercícios de matemática, se você tiver calma, tranquilidade, você consegue resolver, entendeu?
– Entendi, mãe! Pai, e onde fica a Disney daqui?
(Longa pausa.)
– Que foi, mãe?! Por que vocês estão me olhando desse jeito? Ah, desculpa! A Disney fica em outro lugar, é isso?!

2018

Outro

(文字遊戲 - 葡語「Outro」的意思是「別的」，和日語的「Kyoto」發音相似)

– Kyoutro？

– Kyoto。

– 哪個 Kyoutro？

– KY-O-TO。你看錯啦！寫得又大又明顯，就在你的鼻子底下。

– 啊，我以為你們在說的是這個比 Kyoutro 更好。

– 哈哈哈哈！傻瓜！

– 哈哈哈！

– 雲微，你想讓我跟你講一些這裡的歷史嗎？

– 想，想，想，快說吧，爸爸！

– 別急！以前這裡有國王和王后。為了保護這些人民和他們的城堡，所以他們需要武士。武士是一群很擅長戰鬥的戰士，他們為了保護國王、皇后和城堡而戰。但不是每個人都擅長戰鬥，所以找不到戰士的工作，就變成了浪人。

– 浪人？

– 浪人們在日本各地流浪，尋找寺廟來提升自己的戰鬥技能。

– 在這裡的 Kyoutro，也有嗎？

– Kyoto。你現在耳背了嗎？！Ky-o-to。

– 別急，媽媽！

– 你們別吵了。讓我接著說。所以這裡有很多寺廟，懂嗎？為了讓每個人都有一個地方住，提升自己的戰鬥、藝術、詩歌、書法等技能。而且在寺廟裡也可以培養你的禪修。

– 禪修？

– 就是你的平衡。

– 是的。例如：當你在做數學練習時感到緊張時，如果你保持冷靜、平靜，你就能解決問題，明白了嗎？

– 明白了，媽媽！爸爸，這裡的迪士尼在哪裡？

長時間的沉默

– 媽媽，怎麼了？為什麼你們這樣看著我？啊，對不起！迪士尼在另一個地方，對嗎？

Jantar

20
mar
2018

Casa

São Paulo, Brasil

ARTISTA
Marie Ange
Bordas

Um mosquito voava sobre nossas cabeças enquanto jantávamos. Bastou uma palma bem dada para matá-lo. Kao e Luba pararam imediatamente de mastigar. Ambos boquiabertos.

– Que foi, gente?! Que cara é essa?

– Você matou uma traça, mãe!

– Traça? Pensei que fosse um mosquito! Tô sem meus óculos.

A traça caiu bem em cima dos restos de grãos e sementes do pão integral do dia anterior. Parecia ser uma traça mesmo. Ainda se mexia. Resolvi apertar o dedo indicador sobre ela, porque estava machucada.

– O que você tá fazendo agora, mãe?

– Vou matar de vez. Morrer nesse caso é melhor que sofrer. Pronto, matei.

– Por que você fez isso?

– Já expliquei! Pensei que fosse um mosquito.

– Seis anos de castigo.

– Que é isso, Luba! Não fala assim! Era só uma traça! Retira o que você disse.

– Retiro. Mas não era só uma traça, era um ser vivo.

– Já pedi desculpas.

Voltamos a comer. Kao retomou sua leitura do jornal do dia anterior.

E eu, com minha sempre distração, juntei as sementes e grãos do dia anterior e coloquei-os na boca.

Um berro dos indignados à minha frente quase me fez morrer do coração.

– Que é isso, mãe!? Vai comer a traça, agora?!

Cuspi imediatamente. E, pra disfarçar, respondi:

– Desculpa, estou sem meus óculos, gente!

Me retirei imediatamente.

晚餐

我們正在吃晚餐時，有一隻蚊子一直在我們頭上飛來飛去。我用手一拍，就把牠打死了。偉欽和雲微立刻停止了咀嚼，都睜大了眼睛。

－怎麼了？你們為什麼這麼看我？

－你打死了一隻蛾，媽媽！

－蛾？我還以為是隻蚊子！我沒有戴眼鏡。

那隻蛾掉在昨天吃剩下的全麥麵上。看起來確實像隻蛾。牠還在動。我決定用食指壓住牠，因為牠已經受傷了。

－你現在在幹什麼，媽媽？

－我要徹底打死牠。在這種情況下，死比受苦好。好了，打死了。

－為什麼你要這樣做？

－我已經解釋過了！我以為是隻蚊子。

－你會被懲罰六年。

－別這樣雲微！不要這麼說！只是一隻蛾而已！收回你的話。

－我收回了。但那不只是一隻蛾，牠是一個生命。

－我已經道歉了。

長時間的沉默。

我們繼續吃飯。偉欽繼續看他前一天的報紙。而我，總是心不在焉，將前一天剩下的豆子和五穀放入嘴中。

一聲憤怒的嘶吼聲把我給嚇死了。

－媽媽你在做什麼？你要吃掉那隻蛾嗎？！

我立刻吐了出來。為了掩飾，我回答：

－對不起，我沒有戴眼鏡！

我立刻離開了。

Muito pelo contrário

11
ago
2018

Mureta da Torre de Belém

Lisboa, Portugal

ARTISTA
Simone Ezaki

– Me dá uma pinça?
– Pra quê?
– Pra eu fazer sua barba.
– Barba? Que barba, menina? E eu lá tenho barba?!
– Aqui, ó.
– Isso aqui é "um" pelo só. Uma pelugem! Não tá vendo?!
– Mas tá no queixo, então é barba.
– Sai pra lá, vai!
– Então me deixa tirar seus pelos da perna com a pinça?
– Toma, vai!
– Agora sim eu tô fazendo uma depilação. Sabia que quando eu crescer eu não vou fazer depilação? Dói. E também não vou pintar o cabelo de nenhuma cor.
– Sabia que aqui em Portugal tá cheio de mulher de barba e bigode?
– É mentira sua.
– Dizem!
– Se dizem é porque não é.
– Mas elas são portuguesas, com certeza! Luba, você já escutou alguma música do Roberto Leal?
– Não. É legal? Ô mãe, quanto tempo demora pra eu falar a língua desse país?
– Você já fala. Quando a gente sai na rua você não entende o que as pessoas estão falando?
– Entendo quase tudo.
Falando com sotaque português:
– Pois! Elas são portuguesas, com certeza! Aii! Lubaa, agora doeu pra caramba!!! Você puxou o meu pelo (ao) contrário!

反方向

—給我一把鑷子？

—幹嘛？

—讓我幫你修理鬍鬚。

—鬍鬚？什麼鬍鬚？我哪裡有鬍鬚？！

—就在這裡。

—這只是一根毛而已。一根細小的毛！你沒看見嗎？！

—因為是在下巴上，所以是鬍鬚。

—走開！

—那你讓我幫你拔腿毛吧！

—拿去吧！

—現在我正在做除毛。你知道嗎？長大後我不會去做除毛，很痛。也不會把頭髮染成任何顏色。

—你知道在葡萄牙這裡有很多有鬍子和小鬍子的女人嗎？

—你在說謊。

—有人這麼說！

—如果這麼說，那肯定不是真的。

—但肯定的是，她們是葡萄牙人！雲微，你聽過 Roberto Leal 的音樂嗎？

—沒有，好聽嗎？噢，媽媽，我要花多久時間才能說這個國家的語言？

—你已經會說了。我們在外面的時候，你聽不懂別人在說什麼嗎？

—我幾乎都能聽懂。

說著帶有葡萄牙口音的話。

—看吧！她們一定是葡萄牙人！啊啊！雲微，真的好痛！你把我的毛往反方向拔了！

15
out
2018

Mãe trabalhando no computador

Serra Verde, Minas Gerais

ARTISTA
Luba Jesion Kao

Conto

– Mãe, posso também fazer um desenho pro livro dos contos?
– Hummm, deixa eu pensar.
(Pausa.)
– Acho que pode.
– Tá aqui o desenho, ó! Uma mula sem cabeça.
– Mas... mas não tem nenhum conto aqui que fale de mula sem cabeça ou algo do gênero...
– Mãe, esquece o conto e fica o desenho.

故事

—媽媽，我也可以為這本故事書畫畫嗎？

—嗯。。。讓我想想。

沉默中

—我想應該可以。

—看！畫好了，一隻沒有頭的驢子。

—但是。。。但這裡沒有一個故事是跟沒有頭的驢子或類似的東西啊。。。

—媽媽，別管故事了，就留這幅畫吧。

Renata Jesion é do teatro, do audiovisual, da dramaturgia e do roteiro. Tem prazer em criar trabalhos que integrem as diferentes linguagens artísticas. Também gosta de nadar, dançar, sapatear e lutar kung fu. E sempre que pode, encontra os cinco irmãos: Jacques, Sandra, Max, Marcelo e Vicente, e amigos que ela tanto ama.

Luba é estudante e filha da mãe (autora). Ela estuda mandarim e gosta de dançar, nadar, cantar e falar. Fala até quando dorme. Sua mãe agradece, pois ela registra e transforma tudo em arte.

Luba Jesion Kao - p. 175

Renata Jesion 活躍於戲劇、影視、戲劇創作及劇本寫作領域。樂於創作將不同藝術語言融為一體的作品。喜歡游泳、跳舞、踢踏舞和練習功夫。一但有時間，就會和親愛的兄弟姊妹及朋友們相聚。

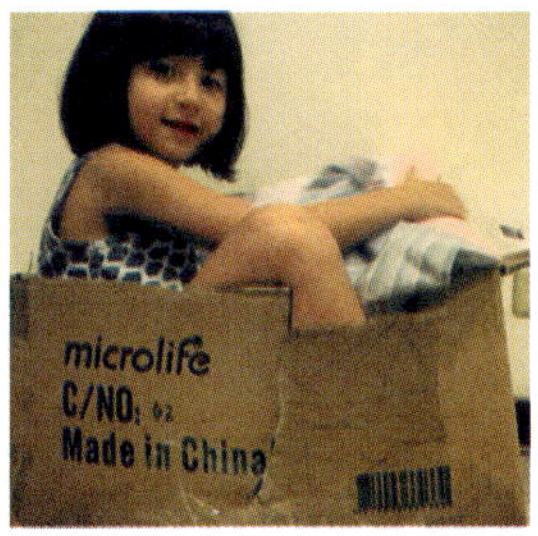

Luba Jesion Kao （雲微）是學生，也是作者的女兒。目前正在學習漢語。她喜歡跳舞、游泳、唱歌和愛聊天。甚至在睡覺時也想聊天。她的母親很感激雲微陪伴。她的母親將記錄雲微的一切，並將其轉化為藝術。

ARTISTAS COLABORADORES

Akira Goto - p. 55

Artista visual, diretor de arte e alquimista.

Instagram: @akiragoto

Anastácia Hatziefstratiou - p. 45

Artista visual. Seus trabalhos foram expostos no Projeto Fidalga. Participou do Mapa Cultural Paulista e da CowParade, ambos em São Paulo.

Instagram: @anastacia_hatziefstratiou

Andrea Bandoni - p. 163

É paulistana, mãe, designer, pesquisadora e fã das histórias da Luba. No momento faz doutorado sobre biodesign e Amazônia.

Instagram: @abandoni / @biodesignamazonia Site: www.andreabandoni.com

Ayao Okamoto - p. 85

Professor e artista visual brasileiro. Vive e trabalha em São Paulo, onde pesquisa e desenvolve trabalhos em pintura, desenho e ilustração.

Instagram: @ayao.okamoto Site: www.ayaookamoto.art.br

Carcarah - p. 141

Nasceu em Brasília e aprendeu a desenhar com sua falecida avó Vilma e lendo histórias em quadrinhos underground. Na sua trajetória, também se envolveu com teatro. Atualmente mora na Bahia.

Instagram:@carcarah

Carlos Simas - p. 111

Das ilustrações para tecidos que coloriram as praias do mundo nos anos 1980, até o design em encaixes de madeira presente em museus e publicações sobre o móvel brasileiro contemporâneo, seu trabalho reflete a brasilidade florestal.

Instagram: @carlos.simas.56

Décio Soncine - p. 123

Atua como pintor e gravador há mais de cinquenta anos e participa de várias exposições, individuais e coletivas, no Brasil e no exterior. Até hoje não sabe se por competência ou simplesmente teimosia.

Instagram: @dsoncini Site: www.soncini.com.br

Dudi Maia Rosa - p. 93

É pintor, desenhista e professor. Ganhou destaque ao participar de exposições individuais na Cooperativa dos Artistas Plásticos de São Paulo e na Galeria São Paulo. Possui obras importantes na Pinacoteca do Estado de São Paulo, no Masp, no MAM, no Stedelijk Museum (Amsterdã, Holanda), entre outros. Instagram: @dudimaiarosa

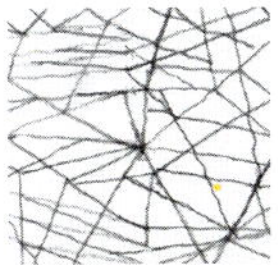

Haron Cohen - p. 25

Formou-se em Arquitetura pela Universidade Mackenzie. Atuou como professor e arquiteto projetista, desenvolvendo dezenas de edificações, urbanismos, montagens de exposições e programações visuais, atuando como arquiteto responsável pela reforma ocorrida no edifício que hoje abriga a Estação Pinacoteca e o Memorial da Resistência de São Paulo. Instagram: @haroncohen

Iara Jamra - p. 89

É multiartista. Atriz, educadora, ilustradora, desenhista e pintora desde sempre.
Instagram: @iarajamra

Jacques Jesion - p. 157

É artista plástico e professor. Trabalha com linguagens gráficas e pictóricas. Participa de mostras individuais e coletivas no Brasil e no exterior.
Instagram:@jacques.jesion

J. C. Serroni - p. 119

É arquiteto, cenógrafo, figurinista e artista plástico. Realizou cenografia e figurinos para dezenas de espetáculos teatrais e ganhou reconhecimento e prêmios por diversos trabalhos.
Instagram: @jcserroni

Karen Greif Amar - p. 37

É professora de arte e fã da Luba. Além de adorar dar aulas, fotografa, borda, desenha e pinta.
Instagram: @amar_karen

Marie Ange Bordas - p. 167

É artista-ponte, escritora e formadora em alfabetização visual e práticas colaborativas. Idealizadora do projeto "Tecendo Saberes", que promove a criação coletiva de livros infantis em comunidades tradicionais brasileiras e africanas.
Instagram: @marieangebordas Site: @_tecendosaberes_

Marina Reis - p. 75

Mãe de gêmeos, artista visual, ilustradora, tatuadora, figurinista e professora. Tudo isso com doses diárias e generosas de café para alimentar a criatividade, dando um pouco mais de colorido ao redor.
Instagram: @marinareis Site: www.marinareis.com

Mauro Restiffe - p. 153

É formado em cinema pela FAAP e estudou fotografia no International Center of Photography, em Nova York. Sua obra envolve a investigação fotográfica do universo urbano de grandes cidades, bem como o registro de acontecimentos históricos e imagens do cotidiano. Instagram: @maurorestiffe

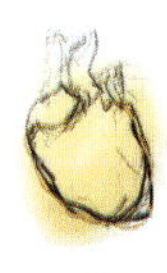

Murilo Kammer - p. 33

Cursou Licenciatura em Artes Visuais no Centro Universitário Belas Artes de São Paulo e pós-graduações em Arte, Educação e Psicologia. Trabalha com desenho e pintura como suas principais formas de expressão.
Instagram: @murilokammer Site: www.murilokammer.art.br

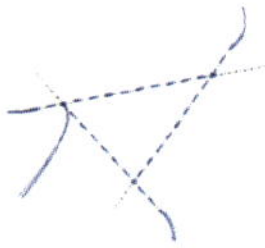

Nazareth Pacheco - p. 115

É artista visual. Desde o início de sua carreira, deu prioridade a obras tridimensionais com os mais diversos materiais. Embora suas obras não representem sua vida, questões relacionadas ao seu corpo e sua memória surgem em seus trabalhos. Expõe suas obras em galerias e museus do Brasil e do exterior. Instagram: @narazethpacheco Site: www.nazarethpacheco.com.br

Paulo Caruso *(in memoriam)* - p. 63

Foi cartunista e chargista. Trabalhou por muitos anos nas revistas *Isto É* e *Época*. Realizou ilustrações ao vivo dos entrevistados no programa Roda Viva, da TV Cultura. Além disso, teve um trabalho significativo com histórias em quadrinhos e como músico.

Paulo Climachauska - p. 51

É artista visual formado em História e Arqueologia pela USP. Realiza exposições individuais em locais renomados, como Moderna Musset - Estocolmo; Galeria Millan - SP; Galeria Lurixs - RJ; entre outros. Esteve presente em diversas Bienais ao redor do mundo.
Instagram: @pauloclima88 Site: www.pauloclimachauska.com

Paulo Sayeg - pp. 29 e 149

É desenhista, pintor e palestrante. Começou sua atividade como artista profissional em 1983, com os eventos Animal Gestual e Lazarus. Suas primeiras exposições individuais foram na Biblioteca Municipal Mário de Andrade e na galeria Pitanga do Amparo. Instagram@sayegp

Rafael Vogt Maia Rosa - p. 127

É professor, dramaturgo e curador independente. Autor da peça *Banhistas* (Sesc, 2005) e da exposição de aquarelas e vídeos *Senhor das Nuvens* (Galeria São Paulo, 2019).
Instagram: @rafaelvogtmaiarosa

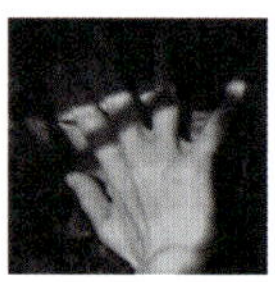

Rachel Rosalen - p. 101

É artista visual, designer e arquiteta . Fez mestrado em Multimeios na Unicamp. Com trabalho reconhecido, entre os seus prêmios estão o de Apoio à Cultura de São Paulo e o 7º Prêmio Sergio Motta de Arte e Tecnologia. Instagram: @rachel.rosalen

Ricardo Aprígio Fonseca - p. 105

Artista plástico nascido no Recife. Formado em Comunicação Visual na UFPE e com mestrado em Artes pela ECA-USP.
Instagram: @ricardoaprigiofonseca Site: www.aprigioefrederico.com.br

Roberto Alencar - p. 71

É artista multimídia, e seu trabalho transita por dança contemporânea, teatro, cinema, performance e artes visuais.
Instagram: @robertoalencardesenhos

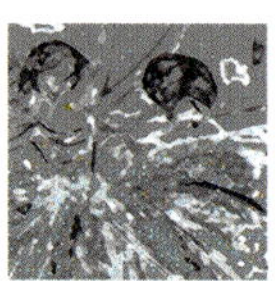

Rosa Cohen - p. 59

Tem formação em Arquitetura e Urbanismo, Letras, Artes e Cinema. Foi pesquisadora e docente nessas áreas e atua como artista visual e escritora.
instagram: @corderosacohen

Rubens Zaccharias - p. 131

"Só por hoje não te preocupes".

Instagram: @rizoma_1195_atelie

Simone Ezaki - p. 171

É o tipo de pessoa que fotografa tudo quanto vê, para dentro e para fora. Mesmo quando está sem câmera. Puxa e solta. Fotografar é pensar.

Instagram: @simoneezakiauthor

Talessak - p. 97

Artista visual, roteirista e ilustradora. Além de publicações infantis, produz animações e histórias em quadrinhos. Na produção de suas publicações, divide seu tempo tentando tirar sua gatinha Sumi-Chan de cima dos desenhos e finalizá-los sem as marcas de suas patinhas. Instagram: @talessak Site: www.talessak.com

Telumi Hellen - pp. 67 e 145

É artista plástica, cenógrafa, figurinista, ilustradora e educadora da SP Escola de Teatro, uma instituição de referência no ensino das artes cênicas no Brasil. Foi indicada ao Prêmio Shell de cenografia e de figurino. Em 2023, participou como uma das curadoras da PQ 2023 de Estudantes.

Instagram: @telumihellen Site: www.telumihellen.com

Veridiana Scarpelli - p. 21

Formada em Arquitetura, deu muitas voltas até entender que desenhar o mundo, coisa que faz desde criança, podia ser seu trabalho. Há quinze anos ilustra para revistas, jornais, livros e onde mais couber um desenho.

Instagram: @veriscarpelli Site: www.veridianascarpelli.com

Vicente de Mello - p. 137

Desde 1992, tem em sua pesquisa fotográfica a criação de um cosmo lúdico em um léxico visual estilístico de linguagem própria. Séries como Topografia Imaginária, Vermelhos Telúricos, Galáctica, Monolux, Brasília Utopia Lírica e Limite Oblíquo foram apresentadas em diversos museus e galerias, nacionais e internacionais, pelo mundo afora. Instagram: @vicentedemello Site: www.vicentedemello.com.br

Yves Jesion - p. 41

É paulistano, designer e um pouco neurótico.

Instagram: @yves_jesion / @breathe.and.drawing

Zed Nesti - p. 81

É artista visual vivendo em São Paulo, com trabalhos expostos no MAC-USP e na Pinacoteca de SP. Esgrimista e pai do Joaquim.

instagram: @zed_nesti Site: www.zednesti.com.br

特約藝術家

Akira Goto – p. 55
視覺藝術家、藝術指導和煉金師。

Anastácia Hatziefstratiou – p. 45
視覺藝術家。其作品曾在 Praça Mágica 和 Projeto Fidalga 上展出。曾參與聖保羅 Mapa Cultural Paulista 和 CowParade 的活動。

Andrea Bandoni – p. 163
聖保羅人，是媽媽、設計師、研究員，也是雲微故事的粉絲。目前正在進行關於生物設計和亞馬遜的博士研究。

Ayao Okamoto – p. 85
教授及視覺藝術家，生活和工作都在聖保羅。致力於繪畫、素描和插畫的研究和創作。

Carcarah – p. 141
出生於巴西利亞，在已故的祖母Vilma那裡，閱讀地下漫畫，並學會了畫畫。在人生過程中，經歷了許多戲劇性的生活。目前居住在巴西的巴伊亞州。

Carlos Simas – p. 111
從八〇年代，為世界各地海灘點綴布料插圖，到現在為博物館及巴西現代家居作品做木質配件設計。這項工作反映了對巴西森林特色及設計保護森林的重要性。

Décio Soncine – p. 123
身為畫家及版畫家已經有五十多年的時間了，並參加了許多國內和國外的個人展和聯合展覽。至今仍然不確定，他所做的這一切是因為他有能力，還是只是他的執著？！

Dudi Maia Rosa – p. 93
畫家、插畫家和教授。因參加聖保羅藝術合作社和畫廊的個人展而受到關注。他的重要作品收藏於聖保羅 Pinacoteca、MASP、MAM 博物館及荷蘭阿姆斯特丹Stedelijk 博物館等地。

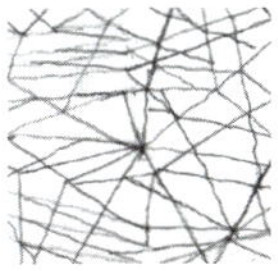

Haron Cohen - p. 25
畢業於麥肯錫大學的建築系。曾擔任教授和建築設計，並參與了許多建築設計、城市規劃、展覽策劃和視覺方案。曾擔任負責改造，保羅 Estação Pinacoteca 博物館 和 Memorial de Resistência 紀念館的主要建築師。

Iara Jamra - p. 89
是一位多才多藝的藝術家。一直以來都是演員、教育工作者、插畫家、繪圖員和畫家。

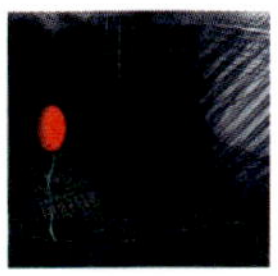

Jacques Jesion - p. 157
視覺藝術家、建築師和教授。他的藝術強作品調圖形語言，特別是金屬雕刻和繪畫。在世界各地的博物館及許多的畫廊裡都有他的個人展及聯合展。

José Carlos Serroni - p. 119
建築師、舞台藝術設計師、服裝設計師及視覺藝術家。為數十個戲劇表演設計舞台美術和服裝，有許多作品獲得認可和獎項。

Karen Greif Amar - p. 37
藝術教師，也是雲微的粉絲。除了熱愛教學外，還喜歡攝影、刺繡、繪畫和繪圖。

Marie Ange Bordas - p.167
藝術家、作家和文化中介者，是《Tecendo Saberes》計畫的發起人，該計畫旨在促進巴西和非洲傳統社區中兒童書籍的合作創作。

Marina Reis - p. 75
是一對雙胞胎的母親，也是視覺藝術家、插畫家、紋身師、服裝設計師和教育工作者。每天都以大量咖啡激發創造力，為生活增添更多色彩。

Mauro Restiffe - p. 153
聖保羅 FAAP 大學電影系畢業，在紐約的國際攝影中心學習攝影。他的作品涉及探索對大城市的景觀，以及對歷史事件和日常生活影像的攝影記錄。

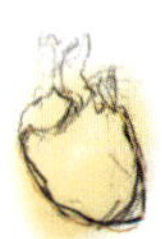

Murilo Kammer - p. 33
畢業於聖保羅美術大學，獲得視覺藝術學士學位，並進行了藝術、教育和心理學的研究生。以語言作為主要表達的方式繪畫。

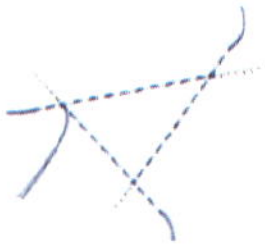

Nazareth Pacheco - p. 115
視覺藝術家，以創作自身經歷和喪親之痛相關的作品而聞名。甚至有一部作品被改編成了紀錄片。在巴西和國外的畫廊及博物館都有展出她的作品。

Paulo Caruso - p. 63
已故的 是漫畫家也是諷刺畫家。在《Isto É》和《Época》雜誌社工作多年，並在電視 TV Cultura 的《Roda Viva》節目裡現場為受訪者繪製插圖。此外，他在漫畫創作和音樂方面也有重要貢獻。

Paulo Climachauska - p. 51
視覺藝術家，畢業於聖保羅大學的歷史及考古學專業。他在許多知名場所舉辦個人展，如 Moderna Musset（斯德哥爾摩）、Galeria Millan（聖保羅）、Galeria Lurixs（裡約熱內盧）等。他也曾多次參加世界各地的雙年展。

Paulo Sayeg - pp. 29 e 149
插畫家、畫家和視覺設計師。年輕時，參加了第一次聯合展後，即進行了”Lazarus” 表演。 1987 年，聖保羅藝術評論協會（APCA）評論他為最佳插畫家。在巴西舉辦了個人和聯合展覽。

Rafael Vogt Maia Rosa - p. 127
藝術評論家和大學教授，本身就是一個開放作品。音樂及豐富的想像力無時無刻都如影隨形。

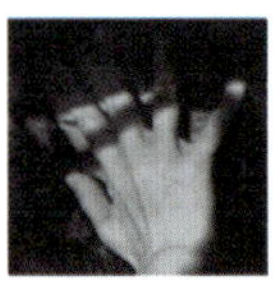

Rachel Rosalen - p. 101
視覺藝術家、設計師和建築師，有建築與城市規劃的學位。 Unicamp（聖保羅州立大學）多媒體碩士。其作品備受認可，獲得聖保羅文化支持獎和第七屆 Sergio Motta 藝術與技術獎等獎項。

Ricardo Aprígio Fonseca - p. 105
藝術家出生於里西費。在 UFPE 獲得視覺傳達學士學位，並在 ECA-USP（聖保羅大學藝術學院）獲得藝術碩士學位。舉辦過個人展和聯合展覽。

Roberto Alencar - p. 71
多媒體藝術家，他的作品有當代舞蹈、戲劇、電影、表演藝術和視覺藝術。

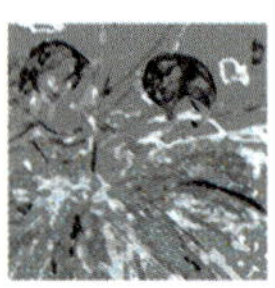

Rosa Cohen - p. 59
擁有建築與城市規劃的專業背景，是藝術研究員和教育工作者，同時也是視覺藝術家和作家。

Rubens Zaccharias - p. 131
“就今日不憂慮。”

Simone Ezaki - p. 171
無時無刻地將生活周圍一切事物都攝影下來的人，從作品中可以看出內在或外在的世界。即使沒有相機，她仍然能捕捉美麗的景色於心。對她來說，攝影就是思考。

Talessak - p. 97
視覺藝術家、編劇和插畫家。除了兒童出版刊物之外，她還製作動畫和漫畫。在製作出版刊物的過程中，她經常花時間試圖將她的小貓 Sumi-Chan 從圖畫上移開，並在沒有小貓爪印的情況下完成作品。

Telumi Hellen - pp. 67 e 145
視覺藝術家、舞台美術設計師、服裝設計師，也是 São Paulo Escola de Teatro 的教育工作者，該校是巴西戲劇藝術教育的權威機構。 Shell 提名入圍舞台美術與服裝設計獎。

Veridiana Scarpelli - p. 21
建築系畢業，經歷了許多曲折後才意識到，自己從小就熱愛的繪畫竟然可以成為一份職業。十五年以來，她為雜誌、報紙、書籍以及其它作品方進行插畫創作。

Vicente de Mello - p. 137
視覺藝術家、並負責策劃展覽事項之工作。致力於研究攝影，創造了一個充滿趣味性的宇宙和具有風格化視覺語言的攝影。他的系列作品有《Topografia Imaginária》、《Vermelhos Telúrico》、《Galáctica》、《Lapidus》、《Brasília utopia lírica》和《Limite Obliquo》，在全球的博物館和畫廊都有展出。

Yves Jesion - p. 41
聖保羅人，是設計師。。。有點神經質。

Zed Nesti - p. 81
視覺藝術家，目前居住在聖保羅，在聖保羅大學當代藝術博物館和聖保羅州立美術館展出作品。同時他還是一名擊劍運動員，是 Joaquim 的父親。

與孩子們交談，就像是走在一個需要被創新，等待被發現的地方，使人從滿好奇心。我很高興看到 Renata Jesion 和她女兒《Luba》的書中，有如此美麗和充滿陽光的文字。此作品有對話、有詩句、插圖，是富有生活情感的結合。
，閱讀愉快!~

Marcelo D´Salete

一塊石頭，一隻飛蛾，一個笑話，耳朵裡的壓力，一件夢幻的帽子，
一把去劇院的掃把或是一幅無頭騾子的圖畫—
都能在雲微的腦海中
變成無數個疑問，創造出無數的場景，變成一部部的電影甚至是成為一齣齣的戲。在夢與惡夢之間，
母女總是手牽著手，用著屬於她們最溫柔且細膩的親情去探索著每天的小發現，
不管這些疑問有多麼的天方夜譚，她們都毫不畏懼。在探索的懸崖邊緣，
兩人沿著命運的不和諧之音前行，
在迂迴曲折中讓機會發光發熱。
穿越城市和國家，在充滿節奏和韻律，
令人不安卻又同時奇妙和不確定的旅程中，
雲微設法從與周圍人的暫時接觸中，挖掘出非同尋常的維度。
孩子的光譜神秘的時間結構振動。
都是一個人第一次看到這個世界的快照。
因爲是第一次，所以意識到這個頹廢和混亂的世界
也只能是另一個人的小說、詩歌、繪畫或者是夢境。
畢竟，像聖阿馬羅大道這樣醜陋的地方怎麼可能存在呢?
「但你必須改變，媽媽!你已經長大了。」

真的是這樣嗎?

Priscila Gontijo

"在這裡，讀者會發現充滿著
幽默和真摯對話。雖然它們是短篇小說，
但是完全可以寫成俳句。更重要的是，你能夠有機會
參與到文字的魔力中，並與才華橫溢的
藝術家們的插圖相結合。任何人只要翻開這本書，
都能快速的踏上愉快而真誠的童年之旅"。

Wesley Barbosa

雲微是個立志成佛的女孩。她
透過簡單率性的提問與這個世界發生碰撞，
去發現這個世界存在著巨大的奧秘。
她在不同國家旅行期間
會與母親探討日常生活中的小發現，
談論那些難以用語言表達的感受，
甚至是信仰和自己的感悟。

雲微向母親提出的疑問，
其實是每個人都應該可能會在
某時某刻問自己的問題。所以如果你
認為手中是一本短篇小說集，
那你就要小心了。它可能會把你帶入到
另一個奇妙旅程的世界。

Índigo